〔美〕欧·亨利 | O.Henry
著

五月 是个结婚月

徐建雄 —— 译

The Marry Month Of May

辽宁人民出版社

图书在版编目（CIP）数据

五月是个结婚月/（美）欧·亨利著；徐建雄译.—沈阳：辽宁人民出版社，2020.4
ISBN 978-7-205-09773-8

Ⅰ.①五… Ⅱ.①欧… ②徐… Ⅲ.①短篇小说—小说集—美国—近代 Ⅳ.①I712.44

中国版本图书馆CIP数据核字（2020）第000409号

出版发行：辽宁人民出版社
地址：沈阳市和平区十一纬路25号 邮编：110003
电话：024-23284321（邮 购）024-23284324（发行部）
传真：024-23284191（发行部）024-23284304（办公室）
http://www.lnpph.com.cn

| 印　　刷：天津旭丰源印刷有限公司
| 幅面尺寸：145mm × 210mm
| 印　张：7
| 字　数：132千字
| 出版时间：2020年4月第1版
| 印刷时间：2020年4月第1次印刷
| 责任编辑：祁雪芬
| 封面设计：吉冈雄太郎
| 版式设计：新视点
| 责任校对：吴艳杰
| 书　号：ISBN 978-7-205-09773-8

定　价：39.80元

目　录

五月是个结婚月　　　　　　　/001

麦琪的礼物　　　　　　　　　/015

艾奇·舍恩斯坦的爱情灵药　　/027

爱的奉献　　　　　　　　　　/037

伯爵和婚礼来宾　　　　　　　/051

不靠谱的规律　　　　　　　　/063

财神与爱神　　　　　　　　　/085

菜单上的春天　　　　　　　　/099

春梦苦短　　　　　　　　　　/113

带家具的出租屋	/125
纪念品	/139
忙碌经纪人的罗曼史	/157
虚荣心和黑貂皮	/167
一千美元	/179
浪子回头	/191
错失豪门	/207

五月是个结婚月

这就是五月这个不安分的女巫干的好事!

如果有诗人在您跟前歌颂五月,就请您挥拳狠揍他的眼睛。

五月被喜欢恶作剧的和疯疯癫癫的精灵主宰着。那些小淘气鬼和唯恐天下不乱的家伙时常出没于春芽萌发的树林。帕克[1]和他的小矮人伙伴也忙忙碌碌地在城市乡村转悠着。

在五月里,大自然向我们竖起一根批评的指头,要我们记住,我们不是神,仅仅是她那个大家庭中骄傲自大、目空一切的成员而已。她提醒我们,我们只不过是命中注定要被用来煮海鲜杂烩汤的蛤蜊和单性繁殖的低等物种,是三色堇和黑猩猩的直系后代,不是咕咕叫的鸽子、呱呱叫的鸭子,以及女仆和公园里的警察的表兄弟。

在五月里,丘比特闭上眼睛胡乱发射金箭。于是,百万富翁娶了女速记员;聪明的教授向站在快餐店柜台里面,腰里系着白围裙、嘴里嚼着口香糖的女招待大献殷勤;女教师让那些半大坏小子放学后留校;小伙子偷偷地架起跨越草坪的梯子,朱丽叶

---

[1] 译注:英国民间传说中调皮捣蛋的小精灵。

则拿着望远镜，焦急地等在格子窗里面；年轻的恋人们外出溜达一圈，回家时已结了婚；老小伙穿着白罩鞋，上师范学校附近瞎转悠，甚至连结了婚的男人也莫名其妙地温情脉脉、多愁善感起来，将沉重的拳头砸在老婆的背上，并大吼道："你是怎么搞的，老太婆！"

然而，这个五月可不是女神，而是女妖锡西[1]，她乔装改扮后潜入夏天里为初次进入社交界的少女们举办盛大的舞会，以便把我们统统吓跑。

库尔森先生轻轻呻吟了一声，在病人椅上挺直了身子。他的一条腿患有严重的痛风。他在格拉梅西公园[2]旁有所房子，有五十万美元的现金，还有一个女儿。除此之外，他还有个女管家，名叫威德普夫人。这些事实情况和人物名称都是值得一书的，一点儿也不容含糊。

当五月拨动了库尔森先生的心弦，他便春心荡漾、激情澎湃起来了。他坐的地方离窗户很近，窗台上摆放着一盆盆的花：黄水仙、风信子、天竺葵花和紫罗兰。阵阵微风把芳香送进屋里，于是，鲜花的芬芳立刻与痛风药水的刺鼻臭味儿展开了一场激烈

---

[1] 译注：荷马史诗《奥德赛》中的女妖，能用巫术把人变成猪。
[2] 译注：位于美国纽约市中心的著名公园。

的争斗，结果臭味儿十分轻松地赢得了胜利。不过在此之前，花儿们的芳香还是给库尔森先生的鼻子来了一记上勾拳。这就是五月这个不安分的女巫干的好事！

与此同时，另一些明白无误、个性鲜明、如假包换的属于这个位于地铁之上的大都市的春天的气息，也径自穿过花园，钻进了库尔森先生的嗅觉器官。诸如沥青散发出的热气，地下涵洞的气味儿，汽油、藿香、橙皮、下水道的气味儿，以及奥尔巴尼产的挖掘机、埃及卷烟、灰浆和油墨未干的报纸的混合气味儿。这些从外边吹进来的气味儿甜丝丝、软绵绵，令人昏昏欲睡。屋外到处是麻雀叽叽喳喳的欢声笑语。但是，对于五月，您可绝不能掉以轻心！

库尔森先生捻着白胡子尖儿，咒骂着他那患痛风的腿，重重地按了下身旁桌子上的铃。

威德普夫人走了进来。她长得眉清目秀，美丽动人，四十来岁的年纪，神情略显慌张，但不乏精明与狡黠。

"希金斯出去了，先生，"她说道。她脸上的微笑能叫人联想起振动按摩器，"他出去寄信了。请问我能为您做些什么吗，先生？"

"到点了，我该喝止疼药了。"库尔森老先生说道，"快给我倒药。瓶子就在那儿，滴三滴，兑水。我那医——嗨，就是那该死的希金斯！这屋子里没人在乎我。哪怕我死在这张椅子上，也没人发觉的。"

威德普夫人深深叹了口气。

"您可别这么说，先生，"她说，"大家都很关心您哪，比任何人所能想象的都更尽心尽力。先生，您是说十三滴？"

"三滴！"库尔森先生说道。喝过药之后，他突然抓住威德普夫人的手。威德普夫人的脸立刻就涨得通红。哦，是的，其实您也能做得到。只要您屏住呼吸，收紧横膈膜就行了。

"威德普夫人，"库尔森先生说道，"春天，在向我们发起进攻啊。"

"哦，是吗？这不是很好吗？"威德普夫人说道，"天气真的暖和起来了。每个街角都挂起了博克啤酒的招牌。美丽的鲜花将公园各处都抹上了黄色、粉红色、蓝色。我的腿脚和身上也开始不自在起来了。"

"在春天里，"库尔森先生吟诵道，同时用手卷着胡髯，"年轻人——呃，就是说，男人的幻想总会悄悄转变为情思[1]。"

"噢，天哪！"威德普夫人叫了起来，"这不是很好吗？空气中到处弥漫着春天的气息。"

---

[1] 译注：这一句和下一句库尔森先生所吟诵的都是英国维多利亚时代的诗人艾尔弗雷德·丁尼生爵士的诗句。

"在春天里,"库尔森先生继续吟诵道,"活泼的彩虹女神让美丽的白鸽光彩照人。"

"是啊,他们确实个个都生龙活虎,那些爱尔兰人[1]。"威德普夫人若有所思地叹息道。

"威德普夫人,"库尔森先生说道,这时,从他那条患痛风的腿上传来一阵剧痛,他痛得扮了个鬼脸,"如果没有你,这所房子将会显得多么寂寞啊!我是个——呃,就是说,我是个老人了,但我拥有一大笔钱。如果价值五十万美元的政府公债再加上一颗充满真情的心——尽管它不再像年少初恋时么激情澎湃了,可它仍在怦怦跳动着,带着真诚的——"

这时,隔壁房间的门帘旁传来了椅子被撞翻的猛烈响声。这声响及时地阻止了这一对令人尊敬且从不招人猜疑的男女成为五月的牺牲品。

紧接着,范·米克·康斯坦蒂娅·库尔森小姐昂首阔步地走了进来。她身材瘦削,高大,结实,长着一个高鼻子,神情冷漠却显得极富教养,三十五岁的年纪,跟她那与格拉梅西公园比邻而居的身份十分相称。她戴着一副长柄眼镜。见此情形,威德普夫人匆忙俯下身躯,假装去整理库尔森先生那条痛风腿上的

---

[1] 译注:威德普夫人把库尔森先生吟诵的诗句中的 Iris(希腊神话中的彩虹女神)听成了 Irish(爱尔兰人)了。

绷带。

"我还以为是希金斯在你身边呢。"库尔森小姐说道。

"希金斯出去了,"她父亲解释道,"威德普夫人听到铃声就过来了。噢,我现在好多了,威德普夫人,谢谢你。噢,没事了,我没什么需要麻烦你的了。"

在库尔森小姐那冰冷的、充满责问意味的目光逼视下,女管家退了下去。

"今年春天的天气真是可爱,是吧,我的女儿?"老人故作姿态地问道。

"还行吧,"库尔森小姐的回答有些含糊,"威德普夫人什么时候开始休假,爸爸?"

"我记得她说是一星期之后。"库尔森先生回答道。

库尔森小姐在窗边站了一小会儿,打量窗外那个沐浴在午后和煦阳光下的小花园。她以植物学家的眼光——这一阴险的五月里最具杀伤力的武器,冷静地审视着花朵。她以科隆[1]处女般的冷峻,抵挡住了温暖曼妙的进攻。一支支和煦阳光射出的利箭,在她内心那死水般冰冷的盔甲前纷纷掉落;鲜花的芬芳没能在她那冬眠的心中唤醒一丝柔情;麻雀的叽叽喳喳声只会给她带来痛

---

[1] 译注:科隆是德国西部莱茵河边的城市,以天主教的教堂而闻名。西方人认为这种地方的人照理应该对上帝信仰得更虔诚,行为更检点。

苦。她嘲笑五月。然而,尽管库尔森小姐已经成功地抵制了这个季节,可她依然拥有足够的敏锐,一点也不会低估其巨大的威力。她知道,上了年纪的男人和腰身变粗了的女人在五月这趟荒谬的列车上,会像受过训练的跳蚤一样不安分。她以前也听说过愚蠢的老绅士娶了女管家这样的荒唐事。可不管怎么说,管这样的感情也叫作爱情,那是多么丢人现眼啊!

第二天早晨八点,送冰人来了,厨子告诉他库尔森小姐想在地下室见他。

"唉,我又不是奥尔科特[1]和迪普[2],怎么连个名字都不称呼一声呢?[3]"送冰人颇为自恋地说道。作为让步,他捋下了衣袖,把冰钩扔在一棵山梅花上,然后往回走。而当库尔森小姐跟他说话时,他摘下了帽子。

"地下室有道后门,"库尔森小姐说道,"你可以把车开进门旁的空地,他们正在那儿挖地基修房子呢。我希望你能在两小时内由那道门搬进一千磅冰来。你或许还得找一两个帮手。我会指

---

[1] 译注:1860—1932,美国演员、歌唱家。
[2] 译注:1834—1928,美国参议员,共和党人,善于演说,1888年被提名为共和党总统候选人,但他后来又退出竞选,支持哈里森当选。
[3] 译注:送冰的人的意思是我又不是人尽皆知的名人,为什么不能提下我的名字呢?

给你看将冰放在哪儿的。此外，从明天起，连续四天，我每天还要一千磅冰，也从同一条路线运进来。你们公司可以把冰钱记在我们定期支付的账单上。这是给你的额外的辛苦费。"

库尔森小姐塞给送冰人一张十美元的钞票。送冰人双手拿着帽子，背在身后，给她鞠了一躬。

"我愿意为您效劳，小姐，只要您高兴，让我做什么都行。要是您不介意的话。"

唉，都是因为五月！

中午时分，库尔森先生打翻了桌上的两只玻璃杯，弄断了按铃的弹簧，同时大声叫喊着希金斯。

"快给我一把斧子吧！"库尔森先生用嘲讽的口吻命令道，"或者派人去取一夸脱氢氰酸来，或者叫警察来开枪毙了我吧。即便是那样，也要比活活冻死好受些啊。"

"天气似乎真的变凉了，先生，"希金斯说道，"以前我倒是没怎么留意过。我这就去关上窗子，先生。"

"快去！"库尔森先生说，"他们管这种天气叫春天，是不是？如果老这么下去，我就回棕榈滩度假去了。这所房子简直就是个停尸间！"

一会儿过后，库尔森小姐十分尽心地进来询问父亲痛风好点没有。

"康斯坦蒂娅，"老人问道，"外边的天气怎么样？"

"阳光明媚,"库尔森小姐答道,"不过有点儿冷飕飕的。"

"我觉得简直就是要命的冬天了。"库尔森先生说道。

"眼下就是一个实例,"库尔森小姐说道,她心不在焉地望着窗外,"正像人们所说的,'冬天在春的怀里徘徊着',尽管这隐喻并不是那么精准。"

没过多久,她就从小花园旁走过,向西前往百老汇,去稍稍享受一番购物的乐趣了。

又过了一会儿,威德普夫人走进了病人的房间。

"您摁铃了吗,先生?"她满脸堆笑地问道,"我让希金斯去药店了。我好像听到您的铃声了。"

"我没摁铃。"库尔森先生说道。

"先生,昨天您正要说些什么的时候,"威德普夫人说道,"我想我是否打断了您。"

"这是怎么回事儿,威德普夫人?"库尔森老人严厉地问道,"我发现这所房子冷得要命!"

"您说您冷吗,先生?"女管家问道,"为什么?噢,经您这么一说,这房间里确实叫人觉得有点儿冷啊。可外面的天气好极了,既温暖又舒适,简直跟六月一样啊,先生。这天气好得快让人的心都要从衬衣里蹦出来了,先生。屋子侧墙上的常春藤已经长了新叶,大人们拉着手风琴,孩子们在人行道上跳舞……噢,现在正是敞开心扉、真情表白的最佳时刻。先生,您昨天是要说——"

"放肆!"库尔森先生怒吼道,"你这个愚蠢的女人!我付钱给你是为了让你管理好这所房子。现在,我在自己的房间里快要冻死了,而你却跑来跟我喋喋不休地胡扯些常春藤和手摇风琴!赶紧给我披件大衣!去看看楼下的门窗都关好了没有。就你这又老又胖、既不负责任又缺心眼的家伙,竟然还在大冬天里瞎说什么美妙的春天和美丽的鲜花。哼!希金斯一回来,就叫他马上给我送杯加糖的热朗姆酒过来。好了,现在你给我出去吧!"

但是,谁又能使五月那明媚的俏脸蒙羞呢?尽管她有些肆无忌惮,扰乱了一个神志清醒的男人的平静。但是,又有什么能使她在众多耀眼的星月中低头认输呢?无论是"科隆处女"的诡计还是装满了冰的地窖,全都无能为力。

噢,是的,这个故事还远没有结束呢。

一宵已过。清晨,在希金斯的帮助下,老库尔森又坐到了窗边的那把椅子上。此时,房间里的寒气已消失殆尽。清新的空气和馥郁的芳香涌了进来。威德普夫人匆匆进来,站到了他的椅子旁。库尔森先生伸出瘦骨嶙峋的手,抓住威德普夫人胖嘟嘟的小手。

"威德普夫人，"他说道，"如果没有你，这所房子就不像个家了。我有五十万美元，如果再加上一颗充满真情的心——尽管它不再像年轻时那么热情似火，可它尚未冷却，它还能——"

"我找到屋子变冷的原因了，"威德普夫人靠在他的椅子上说道，"是冰！——好几吨的冰——就在地下室和锅炉间里，到处都是啊！我关掉了往您房间里送风的装置。噢，库尔森先生，可怜的人儿！现在好了。五月的美好时光又回来了。"

"一颗充满真情的心，"库尔森先生继续说道，他有些神情恍惚，"春天又带回了生命和——可是，我女儿又会怎么说呢，威德普夫人？"

"不用担心了，先生！"威德普夫人眉飞色舞地说道，"库尔森小姐嘛，昨晚已经与那个送冰的家伙私奔了！"

麦琪的礼物

你还不知道我要送你一件多好——多么美丽、精致的礼物呢。

一美元八十七美分，都在这儿了。其中的六十美分还是硬币。这些硬币是每次一个两个地从食品杂货店、小菜场、肉铺老板那儿硬抠出来的。尽管人家嘴上没说什么，可她自己心里明白，这种斤斤计较、软磨硬泡的做法难免让人觉得太抠门了，所以当时也挺臊得慌的。黛拉数了三遍，还是只有一美元八十七美分，可明天就是圣诞节了呀。

除了扑倒在那张破旧的小沙发上大哭一场，还能干什么呢？这似乎是明摆着的事情。事实上黛拉就是这么干的。这不由得叫人心生感慨，觉得生活就是由哭泣、抽噎和微笑构成的，而抽噎又是其中最主要的部分。

趁着该家女主人的悲伤渐渐地从第一等级下降到第二等级的当儿，让我们来打量一下这间屋子吧。这是个带家具的出租公寓，房租是每周八美金。屋里的境况虽说难以准确描述，但要是说它跟乞丐窝没什么两样恐怕也是与事实相差不远的。

楼下门廊里有个信箱——没信投入其中；还有个电铃——没有哪根人类的手指能将它摁响。与之相配套的还有一张卡片，上面写着"詹姆斯·迪林厄姆·扬先生"。

这个"迪林厄姆"是卡片主人日子过得滋润时一时兴起而写下的全拼。那会儿他每周挣三十美金。如今呢,他的收入已经缩减到了每周二十美金,而"迪林厄姆"这些字母也显得有些模糊不清,似乎它们正在认真考虑是否要缩减成谦逊、朴实的"D"。然而,每当詹姆斯·迪林厄姆·扬先生回家上楼,詹姆斯·迪林厄姆·扬太太——就是我们上面已经介绍过的那位黛拉,总是称呼他"吉姆"并给他一个热烈的拥抱。啊,这真是太好了!

哭过之后,黛拉往自己的脸蛋上扑了些粉。然后她倚窗而立,呆呆地望着外面:灰蒙蒙的后院里,一只灰色的猫咪正在灰色的篱笆墙上走着猫步。

明天就是圣诞节了,可她用来给吉姆买礼物的钱只有一美元八十七美分。而其中的每一分钱,还是她在好几个月里费了老大的劲儿才积攒下来的。丈夫那一周二十美元的薪水真是太不经花了,总是入不敷出,无一例外。

她只有一美元八十七美分给吉姆买礼物,给她心爱的吉姆买礼物。在设想着给吉姆买一件好东西的时候,她倒是度过了许多幸福时刻。她要买一件精美、稀罕、出色的东西——多少也得是件配得上吉姆并能为他脸上增光的东西吧。

房中两扇窗子之间有一面穿衣镜。或许您见过那种每周房租八美金公寓里的穿衣镜吧。一个非常苗条且灵巧的人,或许还是能根据这一连串纵向长条映像,对自己的外表得到一个较为客观的印象的。黛拉正有着苗条的身材,且早就掌握了这门艺术。

突然,黛拉从窗前转过身来,站到了那面镜子的前面。她的双眼闪烁着光芒,可她的脸上,却在二十秒钟之内失去了光彩。她急速地解开头发,让它完全披散下来。

话说当下,有两件财物是足以令詹姆斯·迪林厄姆·扬夫妇引以为豪的。一件是吉姆的金表。那是他祖父传父亲、父亲传儿子的传家宝。另一件则是黛拉的头发。如果示巴女王[1]住在天井对面的公寓里的话,那么黛拉准会在某一天洗头后将长发披散在窗户外晾干,这秀发定会让女王陛下的众多珠宝黯然失色的。而如果所罗门王[2]做了公寓的门卫,并将他所有宝物都堆在地下室,那么吉姆每次在他面前走过,准会掏出他的金表来,好看到陛下因为嫉妒而乱扯胡子的。

而此时此刻,黛拉那美丽的长发正披散在她的身旁,跟一道棕色的瀑布似的,飞流直下,波光粼粼。那秀发很长,一直垂到了黛拉的膝盖以下,犹如她身上披着的一件长袍。随即,她又略带神经质地将长发急速盘在了头上。她愣愣地站在那儿踌躇了一

---

[1] 译注:示巴为阿拉伯西南部,即今之也门地区的一个古国。示巴女王以美貌与富有而著称。《旧约·列王纪(上)》载有示巴女王带了许多香料、宝石和黄金去觐见犹太王国的所罗门王,用难题考验所罗门的智慧的故事。
[2] 译注:古代犹太王国的国王,以智慧和富有著称。

小会儿,任凭一两颗泪珠滴落到破旧的红地毯上。

她穿上棕色的旧外套,戴上棕色旧帽子,眼里闪着晶莹的泪花,裙裾一展,翩然出了房门,下楼来到了大街上。

走到一块招牌下的时候,黛拉停下了脚步。那招牌上写着:莎弗朗妮夫人——专营各种头发用品。她一口气冲到了楼上,然后让自己稍稍平息了一下。黛拉发现眼前这位夫人生得既高大又苍白,待人冷若冰霜,与莎弗朗妮[1]根本对不上号。

"您愿意买我的头发吗?"黛拉问道。

"我就是收购头发的。"那夫人说道,"摘下帽子,让我看看。"

那道棕色的瀑布再次奔流而下。

"二十美元。"

说着,夫人便以熟练的手法撩起了头发。

"快给我吧。"黛拉说道。

噢,接下来的两小时简直就像长了一对欢快的翅膀一样,一眨眼就过去了。请别在意这种蹩脚的比喻。事实上为了给吉姆物色礼物,黛拉在这两个小时里淘遍了所有的商店。

---

[1] 译注:意大利诗人塔索(1544—1595)所作的史诗《被解放的耶路撒冷》中的人物。该诗以第一次十字军东征为历史背景。诗中的莎弗朗妮是个意大利人,为了拯救耶路撒冷全城的基督徒,承认了自己并未犯过的罪行,成为舍己救人的典型。

最终，还是被她找到了。那还真像是专为吉姆定制的，只为他，不为别人。黛拉搜遍了所有的商店，再没有什么比这个更合适了。这是一条白金表链，款式简洁素雅，正如所有的好东西那样，仅凭自身内涵就能恰如其分地彰显价值，而不靠那种俗不可耐的繁复装饰。它正配得上那块金表。黛拉一看到它，就意识到它必须属于吉姆。它正像吉姆一样：既沉静又有自身价值——这句话用在他们俩的身上，同样恰如其分。他们要了她二十一美元，而她带着剩下的八十七美分，急匆匆地就赶回了家。配上了这么一条表链，吉姆就可以在任何场合大大方方地看钟点了。因为，尽管那块表本身足够华贵，可如今是用一条旧皮带拴着的，吉姆要看时间时，只得匆匆地瞄上一眼。

回到家之后，黛拉就从欣喜、陶醉之中清醒过来了，取而代之的则是审慎和理智。她取出烫发钳，点燃了煤气炉，开始对爱情加慷慨所造成的破坏加以修补。而这，总是一项十分艰巨的工作。亲爱的朋友们，要知道，这可真是件了不起的工作啊。

没出四十分钟，黛拉的脑袋上就盖满了一绺绺的小卷发，活像个逃课的小男孩。她在那面穿衣镜里盯着自己看了好一会儿，用十分挑剔的眼光，十分仔细地看了好一会儿。

"如果吉姆在看我第二眼之前没杀了我，"她自言自语道，"他准会说我活像个科尼岛上的合唱队歌女。可是，可是我又有什么办法呢？噢，天哪！我只有一美元八十七美分啊。我能干得了什么呢?"

到了晚上七点钟的时候,黛拉已经煮好了咖啡,平底锅也在炉子上热着,随时可以煎肉排。

吉姆一向是准时回家的。黛拉将对折过的表链攥在手心里,坐在门边的一张桌子上,因为吉姆回家时总是从那儿进门的。不一会儿,她听到了吉姆上第一段楼梯时的脚步声,一瞬间,她的脸都变白了。她有为日常琐事而默祷的习惯,现在,她就低声地许愿道:

"噢,上帝啊,求你了。让他觉得我依旧美丽吧!"

门开了,吉姆走了进来,门又关上了。他是那么消瘦,气色也很不好。噢,可怜的人儿,他才二十二岁啊,就已经担负起家庭的重担了!他需要一件新大衣,还有手套,他连手套也没有。

吉姆站在门里边,一动也不动,就跟闻到了鹌鹑气味儿的猎犬似的。他的双眼紧盯着黛拉,但黛拉根本无法理解他的眼神,只感到毛骨悚然。吉姆的眼神里既没有愤怒,也没有惊愕或厌恶,更没有恐惧,根本就不是任何一种她所预备接受的神情。他只是面带着奇特的表情,死死地盯着她看。

黛拉扭动身躯,跳下桌子,并走近他。

"吉姆,亲爱的,"她叫喊道,"别这么看我。我剪下头发,卖掉了。因为我没法过一个不送你礼物的圣诞节啊。头发还会长起来的,你不会介意的,是不是?我必须这么做呀。我的头发长得可快了。说'圣诞快乐'呀,吉姆,让我们开开心心的。你还不知道我要送你一件多好——多么美丽、精致的礼物呢。"

"你,剪掉了你的头发?"吉姆很吃力地问道,他似乎费尽心思也没能弄明白这明摆着的事实。

"剪了,卖了。"黛拉答道,"不管怎么样,你还是会一样喜欢我的,是不是?没了长发,可我还是我呀,对不对?"

吉姆好奇地打量着房间。

"你是说,你的头发,没有了?"他差不多用一种白痴般的口吻问道。

"你不用找了,"黛拉说道,"卖了。我再告诉你一遍,头发卖掉了,没有了。今天是平安夜,亲爱的,你要待我好点。因为我这么做全是为了你呀。我的头发或许还数得清。"

说到这里她停了一下,然后突然以异乎寻常的柔情继续说道:

"可我对你的爱,是谁也数不清的。好了,吉姆,我可以去煎肉排了吗?"

这时,吉姆似乎从神情恍惚之中猛地清醒过来了。他紧紧地抱住了他的黛拉。

现在,让我们花上十秒钟从另一个角度来审慎地思考一些不合逻辑的事情。每周八美元,或每年一百万美元,这两者之间有什么差别呢?一个数学家或一个聪明人可能给你一个错误答案。

麦琪[1]带来了贵重的礼物,但那件东西却不在其中。别急,关于这个隐晦难懂的断言,我们将在后文阐明。

吉姆从他的大衣口袋里掏出一包东西,将其扔在桌上。

"你别误会,黛拉。"他说道,"无论是剪发还是修面还是洗头,这世上没有任何事情能减损一点点我对妻子的爱。可是,你只要打开这个小包,就明白刚才为什么让我傻成那样了。"

白皙的手指灵巧地解开了绳子,打开了纸包,然后就是一声欣喜若狂的尖叫。然后,哎呀,突然又变成了女性神经质的泪如泉涌和号啕大哭,立刻需要公寓男主人千方百计地加以抚慰了。

原来展示在桌上的是一套饰梳——全套的饰梳,有专用于鬓边的,有专用于脑后的,一应俱全。黛拉早就在百老汇的橱窗里看到过并为此心动不已了。这是一套多么美妙的发梳啊!它们是用纯玳瑁制成的,梳背上还镶着珠宝,颜色的深浅浓淡也正好与她那业已失去的秀发相得益彰。她明白,这套梳子太贵了,她是买不起的。对于它们,她止不住心驰神往,但也仅此而已,从未

---

[1] 译注:指耶稣出生时前来赠送礼物的三位东方贤者的总称。复数为Magi,单数为Magus。或称"东方三博士"。送来的礼物有三件:黄金,表示尊贵;乳香,象征神圣;没药,预示耶稣以后将遭受迫害而死。《圣经·马太福音》记载了此事。

奢望过据为己有。现在，它们居然为她所有了，可她那美丽的长发，那早就渴望着用它们来装饰的对象，已经不复存在了。

可尽管如此，她还是将发梳搂在胸前，隔了许久，她才抬起泪花迷蒙的双眼，微笑着说：

"我的头发长得可快了，吉姆！"

然后，黛拉就像一只被烫着了的小猫似的跳了起来，嘴里叫道："噢！噢！"

吉姆还没看到他所要得到的精美礼物呢。她急不可耐地摊开手掌，伸到了他的眼前。那没有知觉的贵金属似乎正闪耀着她内心的欢快和炽热的激情。

"很漂亮，是吧？吉姆。我找遍了全城才逮到了它。这下可好了，你可以每天看一百遍钟点了。来，把你的怀表给我，我要看看它拴上后的样子。"

吉姆没照她的吩咐去做，反倒躺倒在小沙发上，双手枕在头下，微笑着。

"黛尔[1]，"他说道，"我们将圣诞礼物放一边，保存起来吧。作为礼物，它们实在是太过珍贵。我卖掉了怀表，换钱给你买了饰梳。好了，亲爱的，我想你现在可以去煎肉排了。"

---

[1] 译注：黛拉的昵称。

麦琪是智者，正如您所知道的那样，他们是绝顶聪明的人。他们给出生在马槽的那个小孩[1]带来了礼物。他们发明了赠送圣诞礼物这门艺术。由于他们是聪明人，他们的礼物无疑也都透着机灵劲儿，或许你重复收到同样的礼物还有权更换呢。在此，我已经拙嘴笨舌地向您叙述了一对住在公寓的傻孩子的故事，一个平淡无奇的故事。为了给对方送上圣诞礼物，他们竟然极不明智地牺牲了家里最宝贵的东西！但是，请允许我对时下的聪明人说最后的一句话：在所有赠送礼物的人当中，他们俩是最聪明的。在所有馈赠与接受礼物的人当中，他们俩是最聪明的！无论放到什么地方，他们俩也都是最聪明的。

　　他们就是麦琪。

---

[1] 译注：指耶稣。

艾奇·舍恩斯坦的爱情灵药

有没有一种药粉,就是给一个姑娘吃了,她就会更加喜欢你的那种?

蓝光药铺位于鲍威里街与一号大街之间的商业区，是个离那两条大街都最近的地方。蓝光药铺从不认为自己跟那些制作小摆设、香水、冰淇淋和苏打水的小店小铺是一回事儿。您要是来蓝光药铺买一贴止痛膏，他们是绝不给你一根棒棒糖的。

蓝光药铺对那些省时省力的现代制药新工艺是嗤之以鼻的。他们自己浸渍鸦片，过滤出鸦片酊，制作止痛剂。直到今天，他们那高高的配药柜台后面还有人在做着药丸：先在盘里将药泥搓成药条，再用小刀将药条切成药块儿，把药块儿揉成药丸，最后撒上氧化镁粉，装入圆纸盒。药铺位于街角处，常有一帮衣衫褴褛却活蹦乱跳的孩子在那儿嬉闹玩耍，不过他们也都是蓝光药铺里止咳药水和镇静糖浆的潜在顾客。

艾奇·舍恩斯坦是蓝光药铺的夜班职员，也是顾客之友。在整个纽约东区，蓝光药铺就是一家良心药店，从不卖糖衣假药，而这位药剂师也就顺理成章地成了顾客的顾问、贴心人，成了有能力且热情洋溢的推广者和指导者。他那渊博的学识令人佩服，玄妙的智慧令人崇敬。他配制的药总是被人尝都不尝就囫囵吞下肚去。因此，艾奇那架着眼镜的鹰钩鼻和被学问压弯了腰的小身板在附近这一带是无人不知无人不晓的，他所提出的忠告和规劝更是大家翘首以盼的。

艾奇寄宿在与药店相隔两个街区的里德尔夫人的公寓里，包吃早餐。里德尔夫人有个女儿，名叫罗茜。好吧，我就不兜圈子，直说了吧。因为，想必诸位也都猜到了：艾奇暗恋着罗茜。罗茜给他的内心染上绚丽的色彩。她简直就是从所有的高纯化学药品和成药里萃取出来的精华——药店里没有哪一味药可与她相比。但是，艾奇太胆小，太怕羞了，所以他的希望在他那由腼腆和畏惧所组成的溶剂里，老是溶解不了。站在药店的三尺柜台后面时，他是个出类拔萃的人物，有专业知识和特殊价值在他背后撑着的时候，他头脑冷静，处事果断。可只要一走出柜台，他就两腿发软，呆头呆脑，成了常遭汽车司机痛骂的行路人。他那件不合身的衣服上总是斑斑点点地沾满了药渍，还有一股子黄曲霉和氨水的气味。

可令人扫兴的是[1]（好极了！这可真是个绝妙的比喻），艾奇还有一个情敌，此人名叫乔克·麦高恩。

---

[1] 译注：原文"flyintheointmen"可直译为"药膏里的苍蝇"，在美国俚语中是"令人扫兴"的意思，而艾奇又正好是个药剂师，所以后文的括弧中说"真是个绝妙的比喻"。

这位麦高恩先生尽力捕捉着罗茜不时抛出的灿烂微笑。不过他可不像艾奇那样只当棒球场上的外场手，而是个见球掷来立刻就挥棒猛击的主儿。与此同时，他还是艾奇的朋友和顾客。通常，在鲍威里街度过一个痛快的夜晚之后，他会拐进蓝光药铺，让艾奇给他擦伤的皮肤抹一点碘酒或给刀伤创口上贴张橡皮膏药。

一天下午，麦高恩大摇大摆、闷声不响地晃进了蓝光药铺，一屁股坐了下来。他这人倒也长得眉清目秀，头光面滑，身体壮实，此刻他脸上的神情既和蔼又执着。

"艾奇，"他说道，这时他的朋友正好拿了捣药钵过来，要将安息香捣成粉末，"赶紧竖起你的耳朵来听着。快给我弄点药吧，要是你能搞懂我需要什么的话。"

艾奇扫了一眼麦高恩先生，想跟往常一样在他脸上找到打架留下的痕迹，但这次却什么也没发现。

"脱下外套，"他吩咐道，"我猜你准是肋上挨了一刀。我告诫你多少次了，那些意大利人会要了你的命的。"

麦高恩先生微微一笑。"不是他们，"他说道，"不关意大利人什么事儿。不过你诊断出的有病部位一点也不错。是在外套里面，紧挨着肋骨的地方。好吧，我就告诉你吧，艾奇。罗茜今晚要跟我私奔了！"

艾奇下意识地用左手食指钩住药钵，死命将其把稳，然后猛捣了一下药杵。与此同时，麦高恩先生脸上的微笑黯然失色，取而代之的则是一脸的茫然。

"我是说,"他接着说道,"要是她一直不变卦的话。我们策划私奔已经有两个星期了。有时候她白天说愿意,可一到晚上就变卦了。这次我们约定在今天晚上。已整整两天了,罗茜一直没改变主意。不过距实际行动还有五个钟头呢,我担心她事到临头又放我的鸽子。"

"你刚才说你要配药。"艾奇提醒道。

麦高恩先生此刻显得心烦意乱,局促不安——这可就一反常态了。他顺手将专利药品目录卷成一个纸筒,百无聊赖地套在手指上玩弄着。

"我可不想被搅了局,让今晚成为我的终身遗憾。"他说道,"我已经在哈莱姆区[1]租了间小公寓房,还在桌上摆上了菊花。水壶也准备好了,随时可以烧水。我还找了一位牧师,说好九点半在他家等我们。这次一定要成功。唉,要是罗茜不再变卦就好了!"麦高恩停住话头,看来他还是有些吃不准。

"我还是不明白,"艾奇淡淡地说道,"你刚才为什么说要配药?再说你这事儿我又能帮上什么忙呢?"

"里德尔老头一点也不喜欢我,"这位心神不宁的求婚者开始整理自己的思路,"他整整一星期没让罗茜和我一块儿出去了。

---

[1] 译注:纽约的黑人住宅区。

要不是为了留住一个房客,他们早就把我轰走了。我现在一星期挣二十美元,罗茜她冲破牢笼随我乔克·麦高恩一起远走高飞,是绝不会后悔的。"

"请原谅,乔克,"艾奇说,"有个紧急处方,我得赶紧给人家把药配好。"

"喂,我说,"麦高恩猛地抬起头来,"艾奇,有没有一种药粉,就是给一个姑娘吃了,她就会更加喜欢你的那种?"

艾奇带着睿智的启蒙者的优越感,轻蔑地撇了撇嘴唇,可没等他做出指导,麦高恩就自顾说下去了:"蒂姆·莱西告诉我说,他曾从城外一个医生那里弄到过一些这样的药。他把药掺到苏打水里给他女朋友喝了,结果他在那姑娘眼里一下子变得身价百倍,而其他男人顶多只值三毛钱。没出两星期,他们就结婚了。"

麦高恩在平时,确实是个头脑简单四肢发达的人,可眼下,任何一个比艾奇稍聪明一点的读者都能看出,他那强壮的体魄已得到了很好的制约。他就像一位即将攻入敌方阵地的出色将军一样,正仔细检查着每一个可能导致失败的薄弱环节呢。

"我想,"麦高恩满怀期望地继续说道,"要是我也有一包那样的药粉就好了。我可以在今晚开饭时让罗茜吃下去。这样或许就能让她振作起来,不让私奔计划泡汤了。我觉得她并不需要一队骡马来拉着才肯行动,不过女人一般都喜欢做场外指导而不愿意亲自下场跑垒的。其实,那玩意儿只要能支撑她两个钟头,就万事大吉了。"

"你这个可笑的私奔计划什么时候开始行动？"艾奇问道。

"九点钟，"麦高恩先生答道，"七点钟开始吃晚饭。八点钟，罗茜会因头疼而上床睡觉。九点钟，那个老帕文扎诺会让我穿过他家的后院，而隔壁里德尔家的木栅栏掉了一块板子，我从那儿钻过去来到罗茜房间的窗户下面，帮她顺着防火梯溜下来。因为我们还要去牧师那儿，所以这一切必须尽快搞定。事实上只要信号发出后罗茜不再反悔，完成计划也就易如反掌了。艾奇，你能给我配这样一剂药吗？"

艾奇慢条斯理地揉了揉鼻子。

"乔克，"他说道，"鉴于这种药的特性，药剂师在调配时必须非常小心才行啊。在我的熟人中，你将是唯一的一位得到过我配置的这种药粉的人。我可是真的为了你好，才特意给你配的。到时候罗茜会爱你爱得发狂，你就等着瞧吧。"

说完这话，艾奇就走到了配药柜台的后面。在那儿，他取出两片各含四分之一谷[1]吗啡的可溶性药片，把它们碾成粉末，为了增大体积，又往里加了点奶糖，然后用一张白纸把这一小堆混合物非常仔细地包成一个药包。任何一个成年人服用了这包粉末，都能沉沉昏睡几个小时又无碍身体健康。他把药包递给乔

---

[1] 译注：英美的最小重量单位。1 谷 ≈ 64.8 毫克。

克·麦高恩，嘱咐他最好将其溶入液体后让人服用。最后，他接受了这位后院洛金伐尔[1]的千恩万谢。

艾奇这一番煞费心机的表演仅仅是开幕前的独奏，好戏自然还在后面呢。紧接着，他就给里德尔老先生送了个信，揭穿了麦高恩将拐带罗茜私奔的阴谋。里德尔先生身子矮胖敦实，砖灰色皮肤，遇到什么事情说干就干，从不拖泥带水。

"不胜感激！"他简单明了地对艾奇说道，"这个游手好闲的爱尔兰混蛋！好吧。我的房间就在罗茜的正上方。吃过晚饭我就回房间去，给猎枪上好子弹守着。只要他敢进我的后院，那么他出去的时候就是坐救护车而不是结婚马车了。"

这下可好了。罗茜将在梦神的控制下沉睡好几个钟头，而她那嗜血的老爸又手握猎枪严阵以待着，艾奇觉得毫无疑问，这下子他的情敌肯定是一败涂地了。他在蓝光药铺守了一夜，守候着那会给他带来转机的悲惨消息。然后，他什么都没等到。

第二天早上八点钟，白班职员来接班了，艾奇忙不迭地就要去里德尔夫人那里打听事情的结果。可是，噢，天哪！他刚跨出店门，就被从有轨电车上跳下来的麦高恩一把抓住了。麦高恩喜

---

[1] 译注：英国著名的小说家和诗人华特·司各特（1771—1832）的叙事诗《玛米恩》中的男主人公，他在情人将要与别人结婚时偕其逃走。在此借喻拐人女儿私奔的乔克·麦高恩。

形于色,脸上带着胜利者的微笑。

"万事大吉,伙计!"乔克心花怒放,笑得连嘴都合不拢了,"罗茜准时出现在防火梯上,分秒不差。九点三十分十五秒,我们到了牧师那儿。眼下她正在公寓房里——今天早晨她身穿蓝色睡衣做了煎鸡蛋——噢,天哪!我真幸运啊!哪天你过来跟我们一块儿吃顿饭吧,艾奇。我在大桥附近找了一份工作,眼下正要去那儿上班呢。"

"那包——那包药粉呢?"艾奇结结巴巴地问道。

"哦,你是说你给我的那玩意儿。"乔克笑得更开心了,"嗨,是这么回事儿。昨晚在里德尔家的饭桌上,我眼里瞧着罗茜,心里却自己对自己说:'乔克,你要想把这个姑娘搞到手就光明正大地去搞,别跟这么好的姑娘玩什么鬼把戏。'这样,你给我的那个纸包就留在口袋里没动。随后,我的眼光就落到了在场的另一个人身上。我对我自己说:'这老家伙该对未来的女婿产生点好感才是啊。'就捉了个空子,将那包药粉倒进里德尔老头的咖啡里——哈哈,你明白了吧?"

爱的奉献

只要"当一个人爱着"就足够了。

当一个人热爱他的艺术时，是不惜为之奉献一切的。

这是我们的大前提。下面这个故事将从中得出一个结论，并同时证明这个大前提并不正确。从逻辑学的角度来说，这或许还颇为新鲜，但就故事的叙述手法而言，却比中国的万里长城还要古老了。

乔·拉卢比来自柞树遍地的中西部平原，体内涌动着绘画的天赋。在他只有六岁的时候，他就画过一幅小镇泵房的风景画，画中还有一位小镇名人从水泵旁匆匆而过。这幅作品后来被镶上画框，挂在药店橱窗里，旁边紧挨着颗粒参差不齐的玉米棒。在他二十岁的时候，他便来到了纽约，脖子上系一条随风飘扬的领带，兜里揣着个同样轻飘飘的钱包。

黛丽雅·卡拉瑟斯生长在南方一个松林掩映的村子里，她把六音阶之类的玩意儿搞得那样出色，以至于她的亲戚们凑了些钱让她到"北方"去"开花结果"。不过，他们后来没能再看到她——哦，那就是我们要讲的故事了。

乔和黛丽雅是在一个画室里邂逅的。当时有许多学美术和音乐的学生在那儿聚会。他们讨论着明暗画法、瓦格纳、音乐、伦勃朗的艺术、绘画作品、瓦尔特托菲尔[1]、壁纸、肖邦和乌龙茶。

乔和黛丽雅都迷上了对方，或者叫彼此一见钟情——随你愿意，反正怎么说都行，并且如同闪电一般地快速结了婚。因为，当一个人热爱他的艺术时，是不惜为之奉献一切的。

拉卢比夫妇租了一套公寓，开始了家庭生活。那是一套偏僻孤寂的房子——就像钢琴键盘上最左手边的那升 A 键。不过他们的小日子过得很开心。因为他们不仅各自拥有自己的艺术，还相互拥有对方。在此，我要奉劝那些有钱的富家子弟，为了能够拥有属于你的艺术和属于你的黛丽雅，"卖掉你所有的财产，赠给穷人吧"[2]。

公寓生活是唯一的真正的幸福生活——公寓居住者都赞同我的如此论调吧。

只要家庭幸福，房间小一点又有何妨？把梳妆台放倒不就是台球桌吗？把炉架改造一下不就成了划船健身器吗？写字台完全可以用作备用卧室。洗脸架也可以充当立式钢琴。即便四堵墙合

---

[1] 译注：法国作曲家、钢琴家、指挥家。主要作品有《溜冰圆舞曲》和《西班牙圆舞曲》等。
[2] 译注：此话源自《圣经》："去卖掉你所有的财产，赠给穷人，把财富积存在天上，然后跟我来。"

在一起——要是它们想这么做的话——你和你的黛丽雅也还是在里面哪。

可如果家庭不幸福,那么屋子再宽敞又有什么用呢?——哪怕你从金门进去,把帽子挂在哈特拉斯,把披风挂在合恩角,然后再从拉布拉多走出去。[1]

乔在伟大的马基斯特教室学画——你一定听说过他的名声。他收费高昂,授课轻松——如此"高光"令他声名卓著。黛丽雅则投在罗森斯托克的门下学习——你知道,他可是以专跟钢琴键盘过不去而闻名的。

在钱还没花光之前,他们的生活是非常幸福的。谁不是这样呢——算了,我可不想讥讽谁。

总之,他们的人生目标既清晰又明确:乔才华横溢,马上就有佳作问世,那些头发稀薄而钱包厚实的老绅士们将会摩肩接踵地涌入他的画室,争相购买他的作品;黛丽雅则要将音乐练得炉火纯青,然后就不再把它当作一回事了,如果看到剧院里上座稀稀落落,包厢全都空着,她就会推说嗓子疼而不登台,一个人去

---

[1] 译注:金门是美国旧金山湾口的海峡,在此借喻其门之大;哈特拉斯是美国北卡罗来纳州海岸的海峡,与英语中"帽架"谐音;合恩角是南美智利的海峡,与英语中的"衣架"谐音;拉布拉多是加拿大的一个地区,位处大西洋沿岸,与一海之隔的纽芬兰岛组成加拿大的纽芬兰与拉布拉多,与英语中的"边门"谐音。

专用餐厅吃龙虾。

不过要我说,最最美满的还得数狭窄公寓里的家庭生活:一天的学习结束之后的绵绵情话;温馨浪漫的晚餐和新鲜清淡的早餐;交流彼此的远大志向——他们的志向是交织在一起的,否则就不值一提了;互相帮助,相互激励;还有——请恕我庸俗一下——晚上十一点的那顿腌橄榄芝士三明治。

然而,没过多久,艺术之旗就耷拉下来了。即便没人去扯它,有时它也会耷拉下来的。正如俗人所说的那样:"光出不进,定然坐吃山空。"这对小夫妻所面临的问题是:没钱给马基斯特和罗森斯托克两位老师缴学费了。

当一个人热爱他的艺术时,是不惜为之奉献一切的。

于是黛丽雅便提出,为了炊烟常冒、锅碗瓢盆常响,她必须去教音乐课。

为了找学生,她在外面跑了两三天。一天晚上,她扬扬得意地回来说道:

"乔,亲爱的,我有了一个学生了。噢,她可爱极了。她是一位将军——艾·比·平克尼将军的女儿,住在七十一大街。噢,她家的屋子太棒了!乔,你一定要去看看人家那大门!我想你准会说,那是拜占庭式的。还有那屋子里面,就更别提了。噢,乔,我以前可从未见过如此富丽堂皇的人家啊。

"我的学生是他家的小姐,名叫克莱门蒂娜。噢,我已经深深地爱上她了。她是个娇滴滴的小姑娘——老穿着一身白,言谈举止是那么天真可爱!她才十八岁。我每星期给她上三次课。你想想吧,乔!每次课五美元。这点活儿还真不在话下,再找这么两三个学生,我就又可以去罗森斯托克先生那儿上课了。噢,好了,亲爱的,别再愁眉苦脸的了。让我们美美地享用一顿晚餐吧。"

"干得好,黛丽!"乔说道,他正在用雕刻刀和短柄斧开一罐豌豆,"可是我又该怎么办呢?你以为我能让你一个人去忙着挣钱而让自己徜徉在高雅的艺术王国里吗?不能!我以班芬努托·切利尼[1]尸骨的名义发誓,绝对不能!我想我可以去卖报纸或铺鹅卵石路面,怎么着也得挣上一两个美元。"

黛丽雅过来搂住了他的脖子。

"乔,亲爱的,你真傻。你必须坚持学下去。我又不像你想的那样,丢下了音乐去挣钱。我在教课的同时,也在学习呀。我不总是跟我的音乐在一起吗?再说每星期有了十五美元,我们就能把日子过得像百万富翁一样快乐了。你可千万不要动什么离开马基斯特先生的念头。"

"好吧,"乔说着伸手去拿那只扇贝形的蓝色蔬菜盘,"可我不想让你去教什么音乐。那不是艺术。不过你是好样的!你为艺

---

[1] 译注:1500—1571,意大利雕塑家。

术做出了奉献。"

"当一个人热爱他的艺术时,是不惜为之奉献一切的。"黛丽雅说道。

"马基斯特先生说,我在公园里画的速写,天空部分画得很好,"乔说,"廷克尔答应让我在他的橱窗里挂上两幅。要是能被哪个眼光对路、有钱没处花的白痴看到,我想是能够卖掉一幅的。"

"你肯定能的。"黛丽雅嗲声嗲气地说道,"好了,现在让我们来感谢平克尼将军和这份小牛肉肉排吧。"

在接下来的整整一个星期里,拉卢比夫妇都是早早吃完早饭的。因为乔要去中央公园画那些具有晨光效果的速写,所以黛丽雅必须提前打点好一切:在给他以可口的早餐、似水的柔情、慷慨的赞美和热烈的亲吻之后,于七点钟准时送他出门。艺术真是个迷人的情妇,直令乔流连忘返,长长的一整天居然一晃就过去了。等他晚上回到家里的时候,往往又到了七点钟了。

周末,疲惫不堪却又得意扬扬的黛丽雅,十分张扬地把三张五美元的钞票扔在了八英尺乘十英尺公寓房间里的那张八英寸乘十英寸的桌子上。

"我说,克莱门蒂娜有时候可真是烦人。"她略带厌倦地说道,"我想她肯定是练得不用功。同样的内容,我老得翻来覆去地教她。再说她老穿着那雪白的一身,也太单调点了吧。不过平克尼将军倒是个挺让人喜欢的老头儿!我希望你能够结识他,乔。在我指导克莱门蒂娜弹钢琴的时候,他有时会进来看看——他是个鳏夫——他会站在一旁捋白胡子。'十六分音符和三十二分音符弹得怎么样啦?'他老这么问。"

"噢,去看看人家客厅里的护墙板吧,乔!还有那些阿斯特拉罕市的地毯、门帘。克莱门蒂娜老是有点儿咳嗽,娇喘吁吁的。我希望她的体质比她的外表要强健些。噢,我真是越来越喜欢她了,她是那么温文尔雅,那么纯洁高贵。你知道吗?平克尼将军的哥哥还当过驻玻利维亚的公使呢。"

黛丽雅的话音刚落,乔便带着基督山伯爵的神气,掏出一张十美元、一张五美元、一张两美元和一张一美元的钞票来——全是正统合法的货币——排列在黛丽雅所挣来的那些钱的旁边。

"我把那幅描绘方尖碑的水彩画卖给了一个从皮奥瑞亚市来的人。"他以无可辩驳的口吻,庄严宣布道。

"别逗了,乔。"黛丽雅说道,"怎么可能是从皮奥瑞亚来的呢?"

"千真万确,是从那儿来的。黛丽,但愿你能看到他。他是个胖子,围着一条羊毛围巾,叼着一根羽茎牙签。他是在廷克尔的橱窗里看到那幅画的。一开始他还以为画的是一架风车呢。可他不在乎这个,不管三七二十一就买下了。他还预订一幅——描绘拉克万纳市货运车站的油画——准备随身带回去。对了,还有你的音乐课!我想我们的艺术依然在我们的生活里啊。"

"你能坚持搞艺术我真是太高兴了,"黛丽雅万分激动地说道,"亲爱的,你一定会成功的。三十三美元!噢,我们从未有过这么多的钱。今晚我们吃牡蛎吧。"

"还有菲列牛排配蘑菇,"乔说,"叉子在哪儿?"

下一个星期六的晚上,是乔先回到家里的。他把他的十八块钱摊在客厅里的桌子上,然后去冲洗沾满双手的像是黑色颜料的东西。半小时过后,黛丽雅回来了。她的右手上裹着一坨棉纱和绷带,乱七八糟的。

"你这是怎么了?"乔像往常一样打过招呼后急切地问道。黛丽雅笑了,但笑得并不怎么舒心。

"克莱门蒂娜,"她解释道,"上完课之后非要吃威尔士兔子[1]。嗨,她就是这么个古怪女孩。竟然想在下午五点钟吃威尔士兔子。将军也在场啊。乔,你真该看看他跑去拿热锅时的样子。什么呀!就像他家里没有仆人似的。我知道克莱门蒂娜身体虚弱,还神经质。可谁知道她在给'兔子'浇奶酪时洒了,竟然把那么

---

[1] 译注:一种浇上熔化奶酪的烤面包片。下文中所说的"兔子",就是指烤面包片。

多滚烫滚烫的奶酪泼到我的手腕上。我疼得要命。乔,那乖女孩难过极了!平克尼将军更不用说——那老头儿简直急疯了。他冲下楼去叫人——说是锅炉工或是在地下室里干活的其他什么人吧——要他们去药房买些油膏和包扎用的东西。我这会儿已经不怎么疼了。"

"这是什么?"乔问道。他轻柔地托起黛丽雅的那只手,扯了扯在绷带下面的几根白线。

"那是些软乎乎的东西,"黛丽雅答道,"上面有油。噢,乔,你又卖了幅画吗?"

她看到了桌上的钱。

"卖了?嘀!"乔说,"你只要去问问那个皮奥瑞亚人就知道了。他今天把那幅画货运车站的油画拿走了。他还想要一幅公园风景画和一幅哈得逊河的风景画呢,不过还没说定。你今天下午是什么时候烫坏手的,黛丽?"

"大概是五点吧,"黛丽雅可怜巴巴地说道,"熨斗——噢,我是说'兔子'就是在那会儿烤好的。你要是看到平克尼将军当时那样子就好了,乔,当——"

"来,到这儿来坐一会儿,黛丽,"乔说着把她拉到了沙发上,紧挨着她坐下,搂着她的肩,问道,"这两个星期你到底在干什么,黛丽?"

黛丽雅硬撑了一两分钟,眼里充满了爱意和执拗,嘴里仍嘟嚷着平克尼将军。可最后终于垂下脑袋,让眼泪和实情一同倾泻而出。

"我一个学生也找不到,"她坦白道,"可我又不忍心让你中断学业。我找了个给人熨衬衣的活儿,就在第二十四大街的那家大洗衣店里。我以为自己把平克尼将军和克莱门蒂娜小姐的故事编得天衣无缝了,你觉得怎样,乔?今天下午洗衣店里的一个女孩把滚烫的熨斗撂在了我的手上,回家路上我一直在编这个威尔士兔子的故事。你不会生气吧,乔?再说要是我找不到这个活儿,兴许你也不能把画卖给那个从皮奥瑞亚来的人了。"

"他,其实也不是从皮奥瑞亚来的……"乔吞吞吐吐地说道。

"嗨,这有什么关系呢?他从哪儿来都行。你是多么才华横溢呀,乔——来吻我吧,乔——究竟是什么事让你疑心我没在教克莱门蒂娜上音乐课呢?"

"说实话,直到今晚之前,我没起过疑心。"乔说,"如果我下午没给楼上被熨斗烫伤了手的姑娘找了些棉纱和油脂的话,或许今晚我也不会起疑心的。其实,这两星期以来,我就一直在那家洗衣店的锅炉房里干活。"

"这么说你没——"

"没什么来自皮奥瑞亚的买主,"乔抢过话头来说道,"他和平克尼将军都是同类艺术的产物。但你不能将这门艺术称为绘画或者音乐。"

紧接着,他们二人都哈哈大笑了起来。最后还是乔先开的口:

"当一个人爱他的艺术时,是不惜为之——"

"别,"黛丽雅伸手捂住他的嘴,"别再往下说了,只要'当一个人爱着'就足够了。"

伯爵和婚礼来宾

只见她穿着一袭深黑色的丝绸长裙——噢,是薄如蝉翼的黑丝绸!

一天晚上,安迪·多诺万去他那位于第二大道的寓所吃晚饭的时候,斯科特太太给他介绍了一位新房客——年轻的康韦小姐。康韦小姐身材娇小,相貌平平。她身穿着一件素净的棕黄色连衣裙,一副无精打采的样子,似乎只对眼前的餐碟感兴趣。她怯生生地抬起眼睑,清晰明了地观察了多诺万先生一眼,礼貌周全地低声念了一遍对方的名字,然后便将注意力重新放回到面前的那盘羊肉上。多诺万先生风度翩翩地躬身施礼,脸上带着优雅、灿烂的微笑。这样的笑容总让他在社交场上频频获胜,在商业和政治领域一路高升。随后,他就在心中的记事本上把那片棕黄色给抹去了。

两周后的某一天,安迪正坐在公寓门前的台阶上抽雪茄。这时,在他的后上方传来一阵窸窸窣窣的声响。安迪扭过了头去——不,应该说是他的头不由自主地转了过去。

原来是康韦小姐刚刚走出大门。只见她穿着一袭深黑色的丝绸长裙——噢,是薄如蝉翼的黑丝绸!她头上的帽子也是黑色的,从帽檐上垂下一片乌黑的面纱,凄迷朦胧,如同蛛网一般。

她正站在最高的那级台阶上，双手戴着黑丝手套。她的服饰，浑身上下都是黑色的，没有一丁点儿白色或是其他什么颜色。一头浓密的金发没有一丝波浪，只是打了个光亮顺滑的发结，垂在后脖子上。她的容貌平淡无奇，根本谈不上美丽，可由于她正用那双无比忧伤的灰色大眼睛凝望着街对面的天空，似乎使她的脸蛋也平添了几分风采，几乎可算是美丽动人了。

想想吧，姑娘们。一身黑！当然了，要穿戴丝绸服饰——最好的中国丝绸。一身黑，再加上忧伤远眺的眼神和在黑纱下闪亮的头发（您当然得有一头金发了），并且让人觉得，尽管您那年轻的生命已经饱受摧残，但您仍决心摆脱命运的羁绊，想去公园里散散心。您当然还要选准出门的最佳时机——对，这样就能百发百中了。

噢，不，您看我是多么冷若冰霜，多么愤世嫉俗，竟然用这样的口吻来谈论丧服！

多诺万先生突然又重新将康韦小姐登记在他心中的那个记事本上了。于是，他扔掉手里还剩下一又四分之一英寸、足以再让他享受八分钟的雪茄，并迅速地将自己的身体重心调整到那双浅口黑漆皮鞋上，站起身来。

"天气晴朗啊，真是个美好的夜晚，康韦小姐。"他说道。要是让气象局听到他如此自信满满的口吻，准会在旗杆上升起方形的白色信号旗的。

"是啊。对于那些还有心情来享受好天气的人来说，确实如此，多诺万先生。"康韦小姐叹了口气说道。

听了这话，多诺万先生便在心里诅咒起这好天气来了。噢，多么冷酷无情的天气！应该下冰雹、刮大风、下大雪才是啊。那样才配得上康韦小姐当下的心情嘛。

"康韦小姐，我不希望是您的什么亲戚——呃，我不希望您遇到什么不幸的事件。"多诺万先生小心翼翼地试探道。

"死神带走了他——"康韦小姐颇为踌躇地说道，"不，不是亲戚，而是——噢，可我不能用我的悲伤来打扰您啊，多诺万先生。"

"打扰我？"多诺万先生不同意她的说法，"为什么呢？说吧，康韦小姐。我很高兴，不，我很遗憾——呃，我是想说，我敢肯定，没人会像我这样由衷地同情您了。"

康韦小姐勉强露出了一丝笑容。可她这么一笑，却比面无表情时更叫人伤心。

"'欢笑，世界随你欢笑；哭泣，他们予你嘲笑。'"她引用了一句名言，"我早就明白这一点了，多诺万先生。在这个城市里，我没有朋友或熟人。可您一直对我这么好，我真是感激不尽。"

在餐桌上，他确实给她递过两次胡椒瓶来着。

"您孤苦伶仃的，只身待在纽约确实不易——这一点是毋庸置疑的。"多诺万先生说道，"但是，只要这个古老的小城能温和、友好一些，也就不那么令人生畏了。去公园里散散步您看怎么样,康韦小姐?或许这样能缓解一下您心中的哀伤。并且,如果您允许我——"

"噢,谢谢,多诺万先生。如果您不介意和一个内心充满忧伤的人做伴的话,我很高兴能接受您的陪伴。"

那是一座位于市中心的破旧的公园,四周围着铁栅栏,过去常有上流社会的人物来此闲逛。他们走进那扇敞开着的大门,在园中漫步片刻,发现了一条幽静的长椅。

年轻人的悲伤是与老年人不同的,只要有人分担,年轻人的悲伤马上就会减轻,而老年人尽管也会不断地输出悲伤,可他们自己的内心却并不会随之轻松些许。

"他是我的未婚夫。"一小时后,康韦小姐开始敞开心扉,"我们本打算明年春天就结婚的。他是位伯爵,噢,多诺万先生,您别以为我是在骗您,他真是位伯爵。他在意大利有一处庄园和一座城堡。费尔南多·马齐尼伯爵,这就是他的名字。我从没见过比他更风度翩翩的人了。可是,我爸爸却反对我们在一起。有一次,我俩私奔了,但最后被爸爸追上,给带回家。我还以为爸爸会和费尔南多决斗呢。爸爸是做服装生意的——在波基普西市。

"最后,爸爸终于回心转意,同意我们在明年春天举行婚礼。费尔南多给爸爸看了他的爵位和财产凭证,然后就回意大利为了我们的将来收拾城堡去了。爸爸的自尊心很强,费尔南多本来想给我几千美元置办嫁妆的,却被爸爸怒斥了一顿。他甚至不让我接受费尔南多的任何礼物,哪怕是一枚戒指也不行。费尔南多起航回意大利之后,我就来到这个城市,在一家糖果店里当收银员。

"三天前,我收到了一封来自意大利的信,是从波基普西转过来的,信上说费尔南多在一次海难事故中去世了。

"这就是我身穿丧服的原因。多诺万先生,我的心,将永远随他长眠墓中了。多诺万先生,作为伴侣,我想我是十分令人扫兴的。可我确实对任何人都提不起兴趣了。我不能剥夺您的快乐,使您远离您的朋友,而他们是会对您笑脸相迎,让您也快乐起来的。这会儿,或许您想回公寓了吧?"

嘿,姑娘们,如果你们想看到一个小伙子扛着镐头和铁锹匆匆离去的身影,你们只消告诉他你们的心早已埋葬在别人的坟墓里即可。小伙子们都是天生的盗墓贼。不信的话,你可以问问任何一位寡妇。这不奇怪,总得有人来做点什么,才能给那个哭得跟泪人似的身穿中国黑丝绸的天使,重新安好那个重要器官吧。并且,无论从哪个方面来看,死者在这场较量中,显然是必输无疑的。

"我非常难过。"多诺万先生十分温柔地说道,"不,我们不用急着回去。另外,您别再说什么您在这里没有一个朋友之类的话了,康韦小姐。我为您而感到难过。相信我,我就是您的朋友。我真心地为您的不幸遭遇感到难过。"

"我的项链吊坠里有他的相片。"用手绢擦了擦眼睛后,康韦小姐说道,"我从未给任何人看过。但我要给您看看,多诺万先生,因为我相信您是我真正的朋友。"

多诺万先生颇感兴趣地盯着康韦小姐特地为他展示的那张藏在吊坠里的相片,看了好一会儿。马齐尼伯爵的长相的确能引发人们的兴趣。那是一张光洁、睿智、聪明,几乎算得上英俊的脸庞——一望便知,这是个强壮、乐观的男人,并且还是伙伴中的头领。

"我的房间里还有一张大的,镶在相框里了。"康韦小姐说道,"回去后我也会让您看看的。这两张相片就是费尔南多留给我的全部纪念了。但毫无疑问,他会永远活在我心里的,永远。"

多诺万先生面临着一项微妙的任务,那就是在康韦小姐的心里取代那位不幸的伯爵的位置。因为,对她的倾慕之情已使他决定必须这么做。这项工作的艰巨性,似乎也并未给他造成任何精神负担。他所有扮演的角色是一位快乐而又富有同情心的朋友,而他的表演又是如此成功,以至于半小时后,他俩就一边面对面地吃着冰淇淋,一边深入地交谈了起来——尽管康韦小姐那双灰色大眼睛里的忧伤,丝毫也没有减少。

当天晚上,他们在大厅里分手之前,康韦小姐还特意跑上楼,把那个无比珍爱地包在白丝巾里的相框拿了下来。多诺万先生以神秘莫测的眼光,仔细审视了一番。

"这是他动身回意大利之前的那个晚上送给我的。"康韦小姐说道,"我用它去冲洗了一张小的,藏在我的吊坠里。"

"一表人才。"多诺万先生由衷地感叹道,"如果您方便的话,康韦小姐,我能有幸请您于下周日下午去科尼游玩吗?"

一个月后,他俩便向斯科特太太和其他的房客宣布了他们已订婚的消息。不过,康韦小姐的穿着仍然是一身黑丝绸。

宣布订婚一周后的一个晚上,两人又来到了那个位于市中心的公园,又在那张长椅上坐了下来。月光皎洁,摇曳不定的树叶投下了一幅朦胧而又富有动感的画面。今天,多诺万先生一整天都显得那么郁郁寡欢且若有所思,到了晚上,他也仍然默不作声。终于,康韦小姐那充满爱的双唇再也抑制不住她那充满爱的芳心所提出的疑问了。

"你怎么了,安迪,今晚你怎么老是板着脸,老是这么闷闷不乐的呢?"

"没什么,玛吉。"

"不,我不信,别瞒我。难道不能告诉我吗?以前你从不这样。到底是怎么了?"

"没什么大事儿,玛吉。"

"不,不是这样的。我想知道。我敢打赌你准是在想别的姑娘了。好吧，没关系。既然你想得到她，干吗不去追她呢？请把你的胳膊拿开。"

"好吧，那我就告诉你吧。"安迪十分明智地说道，"不过我想你是难以完全理解的。你听说过迈克·沙利文这么个人吗？大伙儿都叫他'迈克老大'。"

"没有。我从未听说过他。"玛吉说道，"我也不想听这个。可要是你就是因为他而变得这样的话，请告诉我，他是谁？"

"他是纽约的头号人物。"安迪带着一种近乎崇敬的表情说道，"他可以随心所欲地摆布坦慕尼协会[1]或任何老派的政治团体。他有一英里高，有东河那么宽。你要是说一句迈克老大的坏话，不出两秒钟就会有一百万人跑来将你踏成肉酱。你知道，有一回他去古老国家转了一圈，那些国王们全都吓得跟兔子似的躲进巢穴不敢出来了。

"迈克老大是我的朋友。就影响力而言，我在这个区是无足轻重的，可迈克老大交朋友不分大小，不论贫富，一律同等对待。今天我在包厘街遇到了他，你猜他是怎么待我的？他迎上来跟我握手，'安迪，'他说，'我一直都关注着你，你在这条街的

---

[1] 译注：即坦慕尼协会，成立于 1789 年 5 月 12 日，最初为美国全国性的一个爱国慈善团体，专门用于维护民主机构，尤其反对联邦党的上流社会理论。后来则成为纽约一地的政治机构且成为民主党的政治机器。曾与黑社会联手控制纽约，后又卷入过操控选举的丑闻，于 1934 年垮台。

这一边干得不赖,我为你感到骄傲。你喝点什么?'他要了支雪茄,我来了一杯苏打威士忌。我告诉他两周后我就要结婚了。'安迪,'他说,'给我发张请柬吧,好让我记在心里,到时候我一定出席婚礼。'迈克老大就是这么对我说的。他总是说到做到。

"你不明白,玛吉,我是宁愿被砍掉一条胳膊,也要请迈克老大来参加我们的婚礼的。因为这将成为我一生中最荣耀的一天。因为当他出席了某人的婚礼,某人才能过上真正的婚姻生活。这就是我今晚心事重重的原因。"

"既然他如此非凡,你干吗不邀请他呢?"玛吉轻快地说道。

"我不能邀请他,这是有原因的。"安迪痛苦地说道,"他不能出席我们的婚礼。这是有原因的。别问我为什么,我不能告诉你。"

"噢,我一点也不在意。"玛吉说道,"当然了,这里面关系到政治什么的。但你不能因为这个就对我笑不出来啊。"

"玛吉,"安迪随即问道,"在你心中,我是否跟你那位——那位马齐尼伯爵一样重要?"

他等了好一会儿,可玛吉并没有回答他。可随后,她突然靠在了他的肩膀上,哭了起来。她哭得那么伤心,浑身不住地颤动,双手紧紧地抓着他的胳膊,泪如泉涌,把那身用中国黑丝绸缝制的丧服都淋湿了。

"噢,好了,好了,别哭了,亲爱的。"把自己的烦恼丢在了一边,安迪极力安慰着她,"你这到底是怎么了?"

"安迪,"玛吉哽咽着说道,"我对你撒了谎。你一定不会和我结婚了,一定不会再爱我了。但我觉得我还是应该跟你说实话。安迪,根本就没什么伯爵。我长这么大还从未被人追求过,可别的姑娘都有过那样的经历,她们总会说起以前的情人,并让现在的情人更爱她们。安迪,我穿黑衣服比较好看些,这是你知道的。于是,我去一家照相馆买下了那张照片,还洗了一张小的藏在我的吊坠里,又编了个关于伯爵的故事,以及他的遇难。这样,我就能一直穿黑色的丧服了。我知道,没人会爱一个骗子的,安迪,你一定会抛弃我的,而我将羞愧而死。噢,除了你,我从没喜欢过别的人——我要说的,就是这些。"

然而,她发觉安迪并没有推开她,而是把她搂得更紧了。她抬起头,看到他脸上又露出了笑容。

"你能——能原谅我吗,安迪?"

"当然,"安迪说,"这些都不算什么。让伯爵回到坟墓里去吧。你已经解决了所有的问题,玛吉。我原本就希望你能在婚礼之前妥善解决的。你是个好姑娘!"

"安迪,"当她确信安迪真的已经原谅她之后,她才娇羞地笑道,"你相信那个伯爵的故事吗?"

"噢,我压根儿就不信。"安迪说着,伸手掏出了他的雪茄烟盒,"因为你放在吊坠里的那张照片,就是迈克老大的。"

不靠谱的规律

她曾经不厌其烦地向我们灌输过——她讨厌阿谀奉承。

我始终认为，并且不时强调：女人并不神秘。男人完全可以理解女人，分析女人，解释女人，预测女人，征服女人。所谓"女人十分神秘"的观念，其实是女人自己巧妙灌输给某些容易轻信上当的男人的。至于我说得对与不对，那就请诸位拭目以待吧。

正如"哈珀的作者"过去常说的那样："下面这个精彩故事说的是某某小姐，某某先生，某某先生和某某先生——"

与此同时，我们必须省略掉"X主教"和"某某牧师"，因为这故事跟他们毫不相干。

在那些日子里，帕鲁玛还是南太平洋沿岸的一个新兴小镇。记者们会将它称作"蘑菇"镇，可事实并非如此。帕鲁玛只是"毒菌"的第一个，同时也是最后一个变种。

火车会在中午时分在那儿停靠一会儿，让机车喝点东西，也让乘客们在那儿喝点东西，吃点东西。那儿有一家新开的"黄松树旅馆"，一个羊毛仓库，以及三打左右的箱体住宅。其余的地方由帐篷、牛马、"黑蜡"泥和豆科灌木丛组成——它们统统被地平线包围着。帕鲁玛是一座面向未来的城市。房子代表着信念,帐篷标志着希望,而火车一天之内就有两班,令人信服地履行着慈善义务,因为您完全可以乘坐它离开此地。

有一家"巴黎饭店"占据了镇子中心地段,那地方雨天最泥泞,晴天最闷热。一个称"欣克尔老爹"的公民,拥有、经营着这家饭店,同时也干些不干不净的事情。他来自印第安纳州,在这块盛产炼乳和高粱的土地上发了家。

他们一家住在一所箱体住宅里,四个房间,屋子没油漆,用木板遮挡着。厨房那儿向外延展出了一个大棚,棚顶上盖着一层灌木枝。棚子里有一张餐桌两条长凳,每条都有二十英尺长。这些都出自帕鲁玛的家庭木工之手。餐桌上摆放着烤羊肉、炖苹果、煮青豆、苏打饼干、布丁、馅饼以及热咖啡。这些食品您都可以在那份"巴黎菜单"上找到。

欣克尔老妈带领一名副手掌勺。那副手听说名叫"贝蒂",却从不露面。欣克尔老爹的大拇指十分耐高温,能够端送滚烫的食物。忙得不可开交的时候,还有一位墨西哥青年帮着照料客人,他的绝技是能在上两道菜之间的空隙里,见缝插针地卷一支烟抽。按照巴黎宴会的习俗,我还将在口头菜单的末尾报上餐后的甜品。

艾琳·欣克尔!

这个拼写绝对正确,因为我看到她自己就是这么写的。毫无疑问,她是凭听觉得知自己的姓名的,但她的听写本领出类拔萃,即便是汤姆·摩尔本人(要是他见过她的话)也会对其大加赞赏的。

艾琳是这户人家的女儿,并且是进入穿越加尔维斯顿和德尔里奥之东西铁路线以南地区的第一出纳小姐。厨房门口的大棚下有个粗糙的松木架子——抑或是个庙宇?——而艾琳小姐就坐在那木架子上面的一只高脚凳上。一道带刺儿的铁丝网拦在前面保护着她,不过您可以通过那上面的小拱门付钱给她。天知道为什么要拦这么一道铁丝网,每个来"巴黎饭店"用餐的男人会"死"在她的手下。她的活儿十分轻松。因为每餐一美元,您把钱放在小拱门下,她将其收进去,就这么简单。

我原本是想直接向您描述一番艾琳·欣克尔小姐的相貌的,可我后来又觉得必须先引证一下埃德蒙·伯克[1]的著作:《论崇高与美丽概念起源的哲学探究》。这是一部论述十分详尽的著作。它首先论述了关于"美"的原始观念,也即"圆润与光滑"——我想伯克先生就是这么说的。说得好极了。

"圆润"是一种显而易见的魅力,至于"光滑"嘛,女人只

---

[1] 译注:1729年1月12日—1797年7月9日,爱尔兰政治家、作家、演说家、政治理论家和哲学家,他曾反对英王乔治三世和英国政府,支持美国殖民地以及后来的美国革命,被认为是英美保守主义的奠基者。

要新皱纹越来越多,就会变得越来越光滑的。

根据亚当堕落之年颁布的《圣果乳香法案》,可以说,艾琳小姐这个人绝对是由植物组合而成的。她就是一个由草莓、桃子、樱桃等水果所构成的白皮肤、金发碧眼的女郎。她的双眼分得很开,眼眸中显示出一种暴风雨来临前的宁静。不过在我看来,想用语言来描述美丽(无论如何努力),都是徒劳的。如同幻想一样,"它产生于你的眼睛"[1]。

说到美,一共有三种——我这人天生好说教,说着说着就会跑题。

第一种是您喜欢的雀斑脸、塌鼻梁女孩。

第二种是莫德·亚当斯那样的。

第三种则是布格罗[2]画中的那些女士。

不过艾琳小姐属于第四种。她是"纯洁小镇"的女镇长。作为特洛伊洗衣店的海伦,有一千个金苹果正朝她抛来。

艾琳小姐的魅力覆盖了整个小镇,而"巴黎饭店"正处在辐射圈的中心。有些身处辐射圈之外的男人,也会为了博她一笑而骑着马来到帕鲁玛。一顿饭——一个笑脸——一块钱。然而,尽

---

[1] 译注:典出莎士比亚的诗《告诉我,幻想来自哪里?(Tell Me Where is My Fancy Bred)》。
[2] 译注:1825—1905,法国学院派画家,画风唯美,题材多为神话、天使和寓言。

管艾琳小姐推行公平外交，对谁都一视同仁，但似乎还是格外垂青于其中的三位仰慕者。老实说，鄙人就是其中之一。不过出于礼貌，我将最后介绍我自己。

第一个家伙是个人造产品，名叫布莱恩·杰克斯——听名字就跟历经磨难似的。杰克斯来自已发展成熟的城市。他是个小个子，像是用软砂岩之类的材料制成的。他头发的颜色跟贵格会教派的砖砌议事堂差不多。他的眼睛是一对小红莓。他的嘴巴像是"投信于此"标志下的开孔。从班戈到旧金山，再往北到波特兰，再往南偏东45°到佛罗里达的某一地方，他都了如指掌。他精通世上每一种艺术、贸易、游戏、商业、职业和体育运动。自他五岁以来发生在两个大洋之间的所有重大事件，似乎他都在场，要不就是在赶去现场的路上。如果您打开一张地图并将手指随意放在某个小镇的名字上，那么在您合上地图之前，杰克斯就能说出该城镇里最出名的前三位。说起百老汇、比肯山、密歇根、欧几里得、第五大街和圣·路易斯四大法庭来，他总是那么居高临下，甚至不屑一顾。作为同样的世界公民，与他相比，四海为家的犹太人简直就是一无所知的乡巴佬。总而言之，他学到了这个世界所能教给他的所有东西，并且还要说给您听。

我讨厌听人提及普洛克的《时间的历程》，我想您也一样吧，但我每次看到杰克斯的时候，总会想起这位诗人对另一位名叫G.G.拜伦的诗人的描述："一早就喝，一醉方休——酒量超过了万千众生；然后干渴而死，因为再也无酒可喝。"

这话也同样适用于杰克斯，只不过他没死，而是来到了帕鲁玛，不过这跟死了也差不了多少。他是个报务员、站长和快递代理，每月挣七十五美元。一个无所不知、无所不能的小伙子，为什么甘愿做这么一份默默无闻的差使呢？对此，我无法理解。尽管他曾经暗示过这是出于S.P.雷伊公司总裁和股东的特别关照。

好了，再写一行，我就将杰克斯交给您了：他身穿一套色彩鲜艳的蓝衣服，足蹬一双黄皮鞋，系一个料子跟衬衫一模一样的领结。

我的第二位情敌是巴德·坎宁安。他受雇于帕鲁玛附近的某个农场，协助他们将桀骜不驯的牲口管教得服服帖帖。他是我在舞台下看到的唯一的一个看起来像牛仔的牛仔。他头戴墨西哥宽边帽，下身穿着皮套裤，脖子后面还系着一条手巾。

巴德每周两次，骑着马从瓦尔·佛得农场来到"巴黎饭店"吃饭。他总是骑着一匹强悍的肯塔基马疾驰而来，然后突然勒住，并将其拴在灌木丛角落里一棵高大的牧豆树下，以至于马蹄子总会在泥地上刨出好几码长的深沟来。

不用多说，杰克斯和我自然更是这家饭店的常客了。

欣克尔家的前屋是黑土乡常见的那种整洁的小客厅，里面摆放着柳木摇椅，手织椅背套，相册，排成一排的海螺壳。角落里还有一架小型的立式钢琴。

忙过了各自的活儿后，杰克斯、巴德还有我——有时是其中的一个或两个，全凭运气了——晚上总会来这儿坐一会儿，"拜访"一下艾琳·欣克尔小姐。

艾琳小姐是个有思想的姑娘。她一心向往着更为高尚的事情（如果真有更为高尚的事情的话），而不满足于整天在带刺铁丝网的小拱门下收取钞票。她阅读过，倾听过，思考过。她的外貌足以成为野心不大的姑娘的终身职业，但她的思想超越了她的美貌，她必须在沙龙的品位方面有所建树——那可是全帕鲁玛唯一的沙龙啊。

"您不认为莎士比亚是一位伟大的作家吗？"

她会提出这样的问题，还一边说一边微微皱起她那弯弯的眉毛来，那神态是那么动人，即便是已故的伊格内修斯·唐纳利[1]本人看到了，也帮不了他的培根的忙。

艾琳小姐还认为：波士顿比芝加哥更具文化气息；罗莎·博纳尔是一位杰出的女性画家；西方人比东方人更为开朗、率性；伦敦一定是个大雾弥漫的城市；加利福尼亚的春天一定非常可爱。除此之外，艾琳小姐还有许多其他的观点，表明她完全跟得上世

---

[1] 译注：1831年11月3日—1901年1月1日，美国政治家、著名作家。他曾在其著作《伟大的密码》中提出"弗朗西斯·培根才是莎士比亚剧本真正的作者"的惊世观点，却未得到学界的认同。

界顶级思潮。

不仅如此,艾琳小姐还有她自己的一套理论——或许是道听途说来的,或许已得到论证。尤其是其中之一,她曾经不厌其烦地向我们灌输过——她讨厌阿谀奉承。声称言行上的坦率和真诚,是男人和女人最主要的精神装饰,并进一步阐明,如果她能喜欢上什么人,就一定是由于对方拥有如此良好的品质。

"我非常厌烦某些人,"一天晚上,我们这三个"牧豆树的火枪手"都赖在她家那个小客厅里时,她如此说道,"一个劲儿地夸奖我的外貌。我自己清楚,我长得并不美。"

(可后来巴德·坎宁安告诉我,他听了这话后,费了老大的劲儿才控制住了自己,否则非骂她"胡说八道"不可。)

"我不过是一个中西部的普通的小姑娘,"她继续说道,"只求简朴、纯洁,并帮助父亲,一起过上普通、简朴的生活。"

(可事实上欣克尔老爹却每月都会将一千银元的净利润存入圣安东尼奥银行。)

巴德坐在椅子上扭来扭去的,还不时地去弄弯他那顶帽子的帽檐——他总戴着那顶帽子,谁也别想让他与他的帽子分开。因为他不知道艾琳小姐是想要她嘴上说说的,还是她心里所期待的。不过巴德很快就做出了决定——虽说许多更聪明的人在做出决定时总是犹犹豫豫的。

"嗨!说得好,艾琳小姐,美丽,并不能代表一切,嗯,我想您一定会这么说的。我可不是说您长得不好看哦,我只是更钦佩您身上的其他优点,比如说您对待父母的方式,就很了不起。任何一个善待父母并顾家的人,都没必要太过美丽的。"

艾琳小姐给了他一个最甜蜜的微笑。

"谢谢你,坎宁安先生。"她说道,"我觉得这是我在很长的一段时期内所听到的最好的赞美了。我宁可听您这样来说我,也不想听您恭维我的眼睛和头发。很高兴您能相信我所说的讨厌阿谀奉承的话。"

于是,我们得到了一个暗示。这说明巴德揣摩得很准。

杰克斯也不甘人后,他立刻就开腔了。

"没错,艾琳小姐。"他说道,"长得好看未必就能赢得一切。当然了,事实上您长得一点也不坏——但这并不能说明问题。我在迪比克市的时候认识一个姑娘,尽管她的脸长得像个椰子,可她能在单杠上连翻两个跟斗,还不带换手的。如今的姑娘或许能将加利福尼亚桃子捣成果酱,可像她那样的本事是没有的。我见过——呃——比您更难看的人,艾琳小姐。可我更喜欢您的处事方式。沉着冷静,机智灵活——这才是让一个姑娘出奇制胜的法宝。前几天欣克尔先生告诉我,自从您参与工作以后,您就从未收进过一个铅制的假币,也从未出过差错。你看看,这才是一个姑娘应有的品质,也是您最吸引我的地方。"

结果,杰克斯也得到了他想要的微笑。

"谢谢您，杰克斯先生。"艾琳小姐说道，"噢，您知道比起阿谀奉承来，我是多么欣赏坦诚相见、直言相告啊。我最讨厌别人说我漂亮。有朋友能对您实话实说，我想这就是最宝贵的了。"

随即，艾琳小姐便瞥了我一眼，我从中看出了某种期许之意。我突然产生了一个莫名的冲动，想豁出去，告诉她在那个伟大的造物主所创造的所有美丽制品中，她是最最精致优雅的——她是一颗纯洁无瑕的明珠，在黝黑的泥土和碧绿的草原的衬托下熠熠生辉——她是一个——一个出类拔萃的人。我可不在乎她对自己的挚爱双亲是否像毒蛇的牙齿一般歹毒，或者能否分清假币和马勒子的皮带扣，只要我能够颂扬、歌唱、赞美、崇拜她那无与伦比的令人惊叹不已的美丽就行了。

但是，我忍住了。因为，我担心那阿谀奉承者的可怕下场。我已经目睹了巴德和杰克斯狡猾而谨慎的话语给艾琳小姐带来的愉悦。我又何必去以身试法呢？很显然，艾琳小姐是不会被阿谀奉承者的花言巧语所迷惑的。绝不会！于是我就加入了"率真"与"诚实"者的行列，立刻开始了创作和说教。

"尽管在任何时代里，艾琳小姐，"我说道，"都不缺乏诗歌和浪漫故事，但相比其美貌来，女人的智慧显然都更受人仰慕。即便是古埃及女王克里奥帕特拉，男人们也觉得她的非凡的魅力在于高贵的心灵，而不是其动人的外表。"

"噢，我也是这么认为的。"艾琳小姐说道，"我见过她那为数不多的画像中某一幅。很显然,她的鼻子太长了,长得有点吓人。"

"请允许我这么说,"我继续说道,"您让我想起了那位埃及艳后。"

"噢,怎么会这样?难道我的鼻子有那么长吗?"

她的眼睛瞪得大大的,还用一根纤细的食指触碰了一下她那清秀的脸蛋。

"噢,不!我是说——,呃——"我说道,"我是指心智与天赋的方面。"

"哇噢,天哪!"她说道。随后,我就得到了那个属于我的微笑,就跟巴德和杰克斯所得到的一样。

"谢谢各位。"她非常非常温柔甜美地说道,"谢谢你们能够如此坦率、真诚地对待我。我希望你们永远都这么对待我。怎么想,就怎么说。我们会成为世界上最好的朋友的。由于你们对我这么好,并且理解我不喜欢听虚无缥缈的好话,作为回报,现在我要为你们弹唱一小段。"

对此,我们理所当然地表示了感谢和极大的兴趣。其实,我们更愿意艾琳小姐继续坐在那张低矮的摇椅上什么也别做,以便我们面对面地仔细端详她。因为,毕竟她不是女高音歌唱家艾德琳娜·帕蒂。她的音量很小,就跟斑鸠在嘀嘀咕咕似的,只有在将门窗全都关闭,并且贝蒂不在厨房里把锅盖弄得乒乓作响时,她的歌声才能勉强传遍整个客厅。我估计她的音阶相当于钢琴上的八度，她的急奏和颤音就跟您老祖母的洗衣锅中的衣服在冒泡差不多。当我告诉您，对于我们来说这就算是音乐的时候，您就该相信她一定是很美丽的了。

艾琳小姐的音乐趣味十分宽泛。她会将乐谱放在钢琴的左上角，从上往下一首首地唱下去，并且每唱完一首，就将该乐谱移到钢琴的右上角。到了第二天晚上，再将乐谱"唱"到左上角。她最喜欢门德尔松、穆迪和桑基。根据我们的要求，她常常以《可爱的紫罗兰》和《当树叶发黄时》来结束她的演唱会。

我们十点钟离开了那儿，然后就去杰克斯所在的那个小木头车站，坐在月台上，晃动着双腿，相互打探线索，以便摸清艾琳小姐的芳心之所趋。这就是情敌所采用的套路——他们并不相互躲避，也不怒目相向，而是聚在一起，交流、分析——努力运用政治艺术来评估对手的竞争力。

有一天帕鲁玛小镇上来了一匹"黑马"——一名年轻的律师。这家伙一来就立刻开始大张旗鼓地推广起他的职业和他自己来了。他名叫 C. 文森特·维西。您只要看他一眼，就能看出他是个西南地区某法律学校的应届毕业生。他身穿艾伯特王子的外套，浅条纹长裤，戴一顶宽边软黑帽，系一根白色细纹布领结。事实上他的这身行头比任何文凭都更能彰显他的身份。维西简直就是政治家丹尼尔·韦伯斯特、作家切斯特菲德勋爵、花花公子布鲁梅尔和小杰克·霍纳等人的复合体。他的到来,搅动了整个帕鲁玛镇。就在他到达的第二天,镇上的外来人员就遭到了调查和解雇。

当然,维西要想在帕鲁玛镇上打开局面,大展宏图,还必须在正经市民和边缘人群中混个脸熟。与此同时,就跟那些当兵的一样,他也一定会跟寻欢作乐的家伙们打成一片。因此,杰克斯、巴德和我就十分荣幸地成了他的知音了。

要是维西没看到艾琳·欣克尔小姐并成为她的第四位追求者,那么所谓命中注定之类的宿命论论调就大可怀疑了。尽管他搭伙在"黄松树旅馆"而不是在"巴黎饭店"用餐,可后来不知怎的依旧成了欣克尔客厅里一位令人生畏的拜访者。在这场爱情角逐中,他的参与令巴德脏话连篇,让杰克斯满嘴都是俚语黑话,比巴德最尖刻的咒骂更可怕,也使得我郁闷不堪、说不出话来了。这一切都怪维西这家伙太巧舌如簧了。话从他嘴里说出来,就跟石油从油井里喷出来似的。只要他一张嘴,夸张、恭维、赞扬、欣赏、腻人的虚情假意、没了边的溜须拍马便争先恐后地喷涌而出。我们很难指望艾琳小姐能抵挡住他这种滔滔不绝的语言攻势和阿尔伯特王子一般的漂亮服饰。

但是,有一天却让我们平添了无尽的勇气。

那天黄昏时分,我正坐在欣克尔家小客厅外狭窄的走廊上,等待着艾琳小姐的到来,忽然听到里面有说话声。原来她和她老爸已经在里面，而欣克尔老爹开始跟她说话了。

根据我之前的观察，这老头儿是个十分精明却又有点缺心眼的家伙。

"艾米丽，"他说道，"我注意到有那么三四个小伙子常围着你转，已经有好一阵子了。你是否看上了其中的某一个呢？"

"噢，爸爸，"艾琳小姐回答道，"我觉得他们中的每一个都很不错。我以为坎宁安先生、杰克斯先生和哈里斯先生都是十分出色的年轻人。他们对我说的话，句句都那么坦率而真诚。我与维西先生认识的时间还不长，不过我认为他也同样是个好青年，他对我说的话也同样是句句都真诚、坦率。"

"好吧。我要跟你说的是，"欣克尔老爹说道，"你总说你喜欢别人对你说真话，讨厌别人用花言巧语来哄骗你。那么你现在不妨对他们做个实验，看看他们当中到底谁对你最真诚。"

"可是，我该怎么做呢，爸爸？"

"别急，孩子，我会告诉你的。你知道你能唱一点歌，是吧，艾米丽。你在洛根斯波特市上过将近两年的音乐课。时间并不长，当时我们家也只能供你学这么多了。再说，你的老师不也说了吗？你的嗓子不好，再学下去也等于白扔钱。好吧，这些就不管它了。你可以问问那些家伙，你到底唱得怎么样，看他们各自都怎么说。应该说，敢对你说真话的人是非常勇敢的，也是值得你今后依靠的。觉得这一招怎么样？"

"妙极了,爸爸。"艾琳小姐说道,"这真是个好主意。就这么干!"

随后,艾琳小姐和欣克尔老爹就从后门走出了客厅,而在外面偷听,一点都未露马脚的我,便急匆匆地赶到了火车站。杰克斯正坐在那儿的电报桌旁,等着时钟走到晚上八点。那是巴德来镇上过夜生活的时间。等到巴德骑马到达后,我就把欣克尔父女俩的对话跟他们说了一遍。您看,我对于我的情敌也是正大光明的,我觉得艾琳小姐所有的仰慕者都应该有这样的绅士风度。

于是,一个令人陶醉的念头便同时在我们三人的心中冒了出来:维西将被淘汰出局!这个油嘴滑舌、溜须拍马的家伙定将从候选者名单中消失得无影无踪。因为我们都清楚地记得艾琳小姐的高尚品位——她珍爱坦率和真诚,讨厌阿谀奉承。

想到了这一点,我们仨不禁在月台上跳起了滑稽舞蹈,还扯开嗓门高唱了一曲《马登是条硬汉子》。

那天晚上,四把柳条椅上都坐满了人,另有一把则十分幸运地承载着艾琳小姐那苗条娇小的身体。我们三个,面对如此考验,全都抑制不住内心的激动。第一个接受测试的,是巴德。

"坎宁安先生,"艾琳小姐在唱完了《当树叶发黄时》后,脸上露出了灿烂的笑容,"您觉得我的嗓音怎么样?请您坦率、真诚地告诉我,就像我一直希望您对待我的那样。"

巴德在椅子上扭动起身体来。因为他知道他的机会来了,他要充分展示自己对于"坦率、真诚"是多么心领神会。

"说实话,艾琳小姐。"他异常诚挚地说道,"你的嗓音并不比黄鼠狼高多少,你知道,那只是一些吱吱的低叫声。当然了,我们都喜欢听你唱歌,因为这毕竟还是较为甜蜜的,颇能抚慰人心。并且当你坐在琴凳上东张西望的时候,看起来是那么妩媚动人。但是,我想你是不能将其说成真正的歌唱艺术的。"

我仔细打量着艾琳小姐,想窥探一下巴德的话是否过于坦率了。然而,她的脸上的神情显得十分愉快,并对巴德报以甜蜜的微笑——这说明我们的路数是对的。

"您又是怎么认为的呢,杰克斯先生?"她接着问道。

"要我说,"杰克斯说道,"你不是那种首席女歌手。我曾在美国的各大都市听过她们的演唱。我要告诉你的是,你的音量不足。除此之外,你足可将那些唱大歌剧的家伙送入肥皂厂——我是指外表方面。你的喉音不行。你的会厌[1]部位没能发挥作用——它的步法不对。"

听了杰克斯颇具专业水准的批判之后,艾琳小姐愉快地大笑了起来,并将探询的目光转向了我。

我承认我在开口之前有那么一点点的犹豫不决:世上难道不存在坦率过头的事吗?我甚至都有些不知所措了,但最后我还是

---

[1] 译注:医学术语,舌根后方帽舌状的结构,由软骨作基础,被以黏膜。

决定做一个吹毛求疵的批判家。

"我并不擅长乐理，艾琳小姐。"我说道，"但是，坦率地说，我不能颂扬老天爷给你的嗓子。长期以来，人们都喜欢将好歌手比作一只小鸟。没错。可世上有各种各样的鸟儿。我想说的是，你的歌声让我想起了画眉——沙哑而不洪亮，音域窄且缺乏变化——不过呢，呃——也自有其——嗯，甜美的一面——并且，呃——"

"谢谢你，哈里斯先生。"艾琳小姐打断了我，"我知道我完全可以信赖您的坦率和真诚。"

紧接着，C.文森特·维西便撸起雪白的衬衣袖子，口若悬河、滔滔不绝地说了起来。

他首先将艾琳小姐的嗓子誉为上天赐予的绝世珍宝，并对其大加颂扬——可惜我的脑子无法公正、全面记住他那些连珠般的妙语了。总之，他对艾琳小姐的歌唱赞不绝口，假如这些话是对晨星说的，那么当它们齐声合唱时，将会因志得意满而熊熊燃烧，最后爆炸成碎片，化作一场流星雨。

他扳起那些个白皙的手指，历数各大洲的歌剧大明星，从花腔女高音歌唱家珍妮·林德一直评说到艾玛·阿伯特，一个劲儿地贬损她们的天赋。他谈到了喉头的解剖结构、胸腔共鸣、乐句的分切、琶音的控制，以及有关这门嗓音艺术的其他奇奇怪怪的要领。仿佛是出于万不得已似的，他也承认艾琳小姐还没将珍妮·林德在高音区的一两个音符的唱法学到手——但是——这仅仅是学习和练习的问题!

最后,他以预言来结束自己的演讲——他庄严地预言:西南之星的声乐艺术生涯即将开始,并将成为古老的得克萨斯州之骄傲——且是音乐史上无人能及的!

十点钟我们离开时,艾琳小姐照例十分热情地与我们一一握手,并露出迷人的笑容,邀请我们以后再去。我看不出她更青睐于谁,但有一个是我们之中三个人——我们,都知道的。

我们知道"坦率"与"真诚"已经胜出,从今往后,竞争者将只剩下三个,而不是四个了。

到了车站之后,杰克斯拿出了一品脱好酒,我们一起庆祝了一个公然闯入者的失败。

四天的时间,一眨眼就过去了,其间并未发生什么值得一提的事情。到了第五天,杰克斯和我走进灌木树枝盖顶的大棚去吃晚饭,发现是那个墨西哥青年坐在带刺铁丝网小拱门里面收钱,而不是身材婀娜、穿着海军蓝裙子的小仙女了。

我们冲进厨房,与欣克尔老爹差点撞了个满怀。他正端着两杯热咖啡往外走呢。

"艾琳在哪儿?"我们像背书似的异口同声地问道。

欣克尔老爹是个慈祥温和的老头儿。

"呃,先生们,"他不慌不忙地说道,"她忽然心血来潮,嗯,不过我有钱,还事事顺着她。她去了波士顿,要在一所影乐[1]——不,是音乐学校学习四年,好让她的嗓音更好听一些。噢,请原谅先生们,让我过去。咖啡很烫,而我的大拇指太嫩。"

那天晚上,我们四个——不是三个——一起坐在月台晃脚。C.文森特·维西也在我们之中。我们一起讨论着。

这时,月亮已经升起了,有几条狗在望着它吠叫。月亮挂在树梢上,像一枚五美分的硬币,或一个面粉桶的桶底。

我们讨论的是,对女人,到底是撒谎比较好呢,还是说真话比较好?

那时我们都还年轻,故而未能得出结论。

---

[1] 此处为艾琳的爸爸发音不标准,把"音乐"说成了"影乐"。

财神与爱神

有了钱办起什么事儿来都很灵便,就像肥皂的油脂一样滑溜。

老安东尼·罗克韦尔，一个已退休了的"罗氏尤里卡肥皂"的老板，正站在他那位于第五大道的私宅书房窗口朝外张望，并龇牙冷笑着。因为他看到了住在他右边的邻居——贵族俱乐部的成员 G. 范·斯凯莱特·萨福克-琼斯正从家里出来，朝着等候着他的汽车走去。同往常一样，这家伙朝这座"肥皂宫殿"正面的意大利文艺复兴风格雕塑皱了皱鼻子——表示嗤之以鼻。

"你这个无所事事、自命清高的老头儿，神气什么！"前任肥皂大王评论道，"你这个老僵尸纳斯尔罗德[1]，一不留神就会被伊登博物馆收进去的。明年夏天我就把我的房子刷成红、白、蓝三色[2]，看你那个荷兰鼻子还能翘多高。"

随后，安东尼跑到书房门口扯开嗓子喊了一声：

---

[1] 译注：1780—1862，德籍俄罗斯政治家，曾参与缔结英俄同盟，结束克里米亚战争。安东尼借以嘲笑老派的荷兰裔移民萨福克—琼斯。
[2] 译注：指荷兰国旗的颜色。

"迈克！"

那嗓门依旧跟当年震破堪萨斯大草原上的蓝天时一模一样。顺便提一下，他召唤用人时，是从不按铃的。

"告诉我儿子，"安东尼对应声而来的用人说，"叫他出门前到我这儿来一趟。"

小罗克韦尔走进书房后，老头子就将报纸扔在一边，上下打量着儿子。他那张红光满面的宽脸膛上，露出了既关爱又严厉的神情。他用一只手将自己的白头发揉得跟乱拖把一样乱，另一只手伸进口袋，把几把钥匙拨弄得叮当作响。

"理查德，"安东尼·罗克韦尔开口道，"你用的肥皂是花多少钱买的？"

理查德听了这话略感吃惊。他大学毕业回到家里才六个月，还摸不准老爷子的脾气。因为，这老头子总是像第一次参加晚会的小姑娘一样，脑子里尽是些出人意料的怪念头。

"应该是六美元一打吧，爸爸。"

"你的衣服呢？"

"通常是六十美元左右。"

"你是个绅士，"安东尼不容置疑地说道，"我听说现在的公子哥儿都用二十四美元一打的肥皂，穿的衣服全都超过一百美元。哼！你也有钱，也完全可以像他们一样任意挥霍，但你一直都很正派，很节制。现在，我仍旧使用老牌尤里卡肥皂，这不仅仅是出于个人情感,也因为这是最纯正的肥皂。无论什么时候,你用超过十美分的钱去买一块肥皂,那么你买到的只是蹩足的香料和骗人的品牌。不过,就你这样的年龄以及身份地位来说,用五十美分一块的肥皂已经是做得很好了。正像我说过的那样,你是个绅士。人们说要三代人才能造就一位绅士。简直是胡说八道。有了钱办起什么事儿来都很灵便,就像肥皂的油脂一样滑溜。钱就能让事儿光鲜体面,跟肥皂油脂似的。这不,已经造就了你这么一位了吗?噢,天哪!还差点造就了我。我现在已经变得粗俗无礼,性情古怪,毫无教养,跟住在我两边的荷兰佬不相上下了。那两个鬼佬每天晚上都睡不着觉,哈哈,只因为我把房子买在他们俩的中间了。"

"可是,有些事是即便有钱也难以如愿的。"小罗克韦尔神情沮丧地说道。

"这是什么话?!"老安东尼激动起来了,"我任何时候都相信有钱能使鬼推磨。老实说,我已经查遍了百科全书,一直查到字母Y那儿了,还没有发现什么用钱买不来的东西呢。看来我下星期该去查查增补本了。我坚信金钱能摆平一切。你说,有什么东西是钱买不到的?"

"譬如说吧,"理查德闷闷不乐地说道,"就算有钱也挤不进上流社会交际圈啊。"

"哈!这是什么屁话?"这个"万恶之源"的拥护者雷鸣般

地怒吼道,"你告诉我,要是老阿斯特[1]没钱买统舱票坐船到美国来,你说的上流社会交际圈又在哪儿呢?"

理查德叹了口气。

"好吧,其实我叫你来,"老头子说道,他已经心平气和了许多了,"就是要跟你谈谈这事儿。你近来可不大对劲啊,孩子。我注意这事儿已经两个星期了。有什么心事就说出来吧。我想,不算不动产,我还可以在二十四小时内调动一千一百万美元呢。如果你得了肝炎,那么'逍遥客'游艇就停在海湾里,而且上足了煤,随时可以生火起锚,两天内就能把你送到巴哈马群岛去疗养。"

"你猜得不错,爸爸。八九不离十吧。"

"哦,"安东尼关切地问道,"那么,她叫什么名字?"

理查德开始在书房来回踱步。他这位粗鲁直白的老爸是如此关切和同情,自然足以让他以充分的信任一吐为快。

"你干吗不向她求婚呢?"老安东尼追问道,"她一定会扑进你的怀抱。你又有钱,又英俊,还是个正经小伙子。你的双手干干净净的,从没沾上过一点儿尤里卡肥皂。你是大学毕业——不过这点她是不会放在眼里的。"

---

[1] 译注:约翰·雅各布·阿斯特,1763—1848,德裔美国毛皮富商兼金融家,富豪家族阿斯特家族的创始人。该家族在纽约拥有豪华宾馆。

"我一直没有机会呀。"理查德说道。

"没机会就造一个呗。"老安东尼说道,"带她去公园散步,或载她开车兜风。要不然就陪着她从教堂走回家。机会?哈!"

"爸,你不懂社交界的运行规则。而她就是推动社交规则运行的动力之一。她的每个小时、每一分钟都是几天前就事先安排好了的。我一定要得到她,爸爸。否则的话,这座城市就是个暗无天日的积水矿坑,将会令我抱恨终身的。可我又不能写信表白——我不能那么做。"

"哈!"老头儿说道,"难道你是想对我说,我把所有的钱都给你,也不能让那姑娘陪上你一两个钟头吗?"

"不,不是这么回事儿。是我太磨蹭了,来不及了。她后天中午就要坐船去欧洲了。要在那儿待上两年呢。明天晚上我倒是能与她独处几分钟的。事情是这样的。眼下,她住在拉奇芒德镇她姑妈家。那儿,我是不能去的。但她允许我明晚叫上出租马车去中央车站接她。她乘坐的那趟火车八点半到站。然后,我们必须快马加鞭地一起赶到百老汇的沃勒克剧院,她母亲以及同一个包厢的亲友们会在大厅里等我们。也就是说,我跟她独处的时间只有七八分钟,你想,在那种情况下,她有心情听我表白吗?不会的。而在剧院看戏以及散戏之后,我又能有什么机会呢?没有。噢,不,爸爸,这就是用你的金钱解决不了的难题。我们没法用钱买到一分钟的时间。如果买得到的话,那么富人就能长命百岁了。事实就是，在兰特里小姐出海之前，我没希望再同她交谈了。"

"好啦，理查德，我的孩子。"老安东尼轻松地说道，"你现在可以去俱乐部玩了。我很高兴你的肝脏没有毛病。不过别忘了常去庙里给伟大的财神爷烧烧香。你说钱买不到时间吗？噢，是啊，你不能开个价，下个单，叫人把'永生'打包后送货上门。可我见过，时间老人在穿过金矿时，被那些个坏石头磨破了脚后跟，弄得步履蹒跚呢。"

当天晚上，正当安东尼在读晚报的时候，理查德的埃伦姑妈——一个性情温和、多愁善感、满脸皱纹、长吁短叹、受尽财富压迫的女人，来看望她的弟弟了。他们聊起了理查德爱情悲剧。

"他跟我和盘托出了。"哥哥安东尼打了一个呵欠，说道，"我告诉他，我的银行存款可由他任意支配，可他倒好，开始对金钱大加抨击。说什么金钱无济于事。还说什么十个百万富翁加在一起也不能将社交规则移动一码。"

"噢，安东尼，"埃伦姑妈叹了口气说道，"你别开口闭口总是钱。在讲究真挚情感的时候，财富是不值一提的，只有爱情才是至高无上的。只要他早一点表白，就万事大吉了！那姑娘是不可能拒绝我们的理查德的。只是现在，恐怕已经为时太晚了。如果理查德没机会向她表白,你的全部财产也并不能给你儿子带来幸福。"

第二天晚上八点钟,埃伦姑妈从一个已经被虫子蛀出了窟窿眼的盒子里取出一枚古雅的金戒指,交给了理查德。

"今晚你戴上它吧,孩子,"她央求道,"这戒指,是你母亲托付给我的。她说它能给恋爱中的人带来好运气。她嘱咐我当你找到意中人时,就交给你。"

小罗克韦尔恭恭敬敬地接过戒指,并将它套在小指上试了试,可是,戒指只滑到第二个指节就滑不动了。于是,他取下戒指后,按照男人的方式,把它塞进了马甲口袋里,然后打电话叫了出租马车。

八点三十二分,他在火车站那杂乱、涌动着的人群中找到了兰特里小姐。

"我们可不能让妈妈和其他人等太久了。"她说道。

"去沃勒克剧院,越快越好!"理查德十分忠诚地按她的意思吩咐道。

他们取道第四十二大街,朝百老汇飞驰而去。随即他们又拐入一条街灯稀少寥若晨星的小路,路面时而松软得像黄昏时的草地,时而坚硬得像凌晨时分的嶙岣山坡。

到了三十四号大街时,理查德猛地推开挡板,吩咐马车夫将马车停下。

财神与爱神 / 093

"对不起,我掉了一枚戒指,"他下车时抱歉地说道,"那是我母亲的遗物,我不能把它弄丢了。耽误不到一分钟的。我已经看到它掉在哪里了。"

确实还不到一分钟,他就带着戒指回到了车厢里。

可就在这一分钟不到的时间里,一辆市内公交车停在了马车的正前方。马车试图从左边绕过去,又被一辆重型货车给挡住了。马车夫又试着想从右边绕过去,却也不得不退回来。因为那儿莫名其妙地出现了一辆搬运家具的马车。他想往后退,自然也行不通。他被许多杂乱无章的车辆和马匹死死地堵在了中间,一点也动弹不得。最后,他只好扔下马缰绳,恪尽职守地破口大骂起来。

交通堵塞发生了。这种现象在大城市里并不罕见,有时甚至会导致交通和一切商业活动的瘫痪。

"为什么不走了?"兰特里小姐不耐烦地问道,"我们要迟到了。"

理查德站起身来,四下张望了一下,只见各式各样的货车、卡车、出租马车、搬运车和有轨电车将百老汇大道、六马路和三十四号大街的交叉路口堵了个水泄不通,就跟一个腰围二十六英寸的姑娘扎了一根二十二英寸的腰带似的,连气儿都喘不过来了。与此同时,这几条街上还有车辆在飞奔而来,奋不顾身地投入这你冲我撞、难分难解的混乱之中。于是在原有的喧嚣之上，又平添了些新的咒骂和怒吼之声，似乎曼哈顿所有的交通工具全都在此处扎堆了。成千上万的纽约市民挤在人行道上看热闹，而其中年龄最大的老家伙也没见过能与此相媲美的交通堵塞。

"我很抱歉，"理查德重新坐下时说道，"看样子我们是给卡在这儿，动弹不得了。这一团乱麻，不花上一个小时，是无论如何也解不开的。都是我的错，要是我不弄丢这枚戒指，我们就——"

"好吧，让我看看这枚戒指吧，"兰特里小姐说道，"既然我们无能为力，我也就不在乎了。反正我觉得看戏没什么意思。"

当天夜里十一点钟，有人轻轻地敲响了安东尼的房门。

"进来，"安东尼叫道，他穿着一件红色睡衣，正在读一本关于海盗的冒险小说。

所谓的"有人"原来不是别人，正是理查德的埃伦姑妈。她那模样就像一位阴错阳差地遗留在人间的灰白头发的天使。

"他们订婚了，安东尼，"她柔声地说，"那姑娘答应嫁给我们的理查德了。他们去剧院的路上遇到了堵车，等了两小时后，他们的马车才挣脱了出来。

"哦，安东尼哥哥，你以后别再吹嘘什么金钱万能了。一个代表着真挚爱情的小玩意儿——我是说，就是那枚象征着矢志不渝、千金不换的爱情的小小戒指最终使我们的理查德获得了幸福。事情是这样的,他把戒指掉在街上,于是就下车去捡。可就在他们要重新上路之前,道路给堵住了。他利用堵车的工夫,向心爱的姑娘表白了爱意,并赢得了她的芳心。你看看,安东尼,比起真正的爱情来,金钱毫无用处,真是如同粪土一般啊。难道不是吗?"

"好啊,"老安东尼说道,"这孩子得到了他想要的东西,我很高兴。我对他说过,在这件事儿上,我是不惜付出任何代价的,只要……"

"可是,安东尼哥哥,在这件事儿上,你的金钱又帮得了什么忙呢?"

"我说,我的妹妹,"安东尼说道,"我的海盗正命悬一线呢。他的船刚被凿沉,他的金钱观太对了,所以绝不能被淹死。我希望你能让我痛痛快快地读完这一章。"

至此,故事就应该结束了。跟读者诸君一样,我也真心希望如此这般地完美收场。但是,为了搞清真相,我们还非得刨根问底不可。

第二天,有个两手通红、系着蓝点子领带、自称凯利的人来找安东尼,并被立刻请进了书房。

"哦,你来了,凯利。"安东尼说着,伸手去拿支票簿,"这锅肥皂熬得不坏。让我来看看吧,嗯,你已经预支了五千美元现金了,对吧?"

"可我又垫付了三百。"凯利说道,"没办法,我不得不超支一点啊。快递货车和出租马车我通常都付五美元,但卡车和双套都跟我要十美元。汽车司机要十美元,有些装了货的要二十美元。警察敲诈得最凶,有两个要了我五十,其余的我给了二十和二十五。不过话还得说回来,活儿干得可是真漂亮啊,罗克韦尔先生。幸亏没被威廉·A. 布雷迪[1]看到那场户外大堵车的场景。因为我可不想他被嫉妒死。我们还都是即兴表演的,根本没排练过呀!伙计们准时赶到现场,分秒不差。整整两个小时,堵了个水泄不通,连一条蛇也无法从格里利塑像下钻过去。"

"一千三百美元,给你,凯利。"安东尼说着,撕下了一张支票,"一千美元是你的酬劳,再加你垫付的三百美元。你并不鄙视金钱,对吧,凯利?"

"我吗?"凯利说,"我真想抽那个发明贫穷的家伙呢。"

凯利走到门口时,安东尼又叫住了他。

"你有没有看到,"他说道,"在堵车的地方有个拿着弓箭四处乱射的光屁股男孩?"

"没有啊,怎么了?"凯利被问了个一头雾水,"我没看到。

---

[1] 译注:1863—1950,美国当时著名的剧院经营者。

如果真有你说的那么个小家伙,或许我还没到那儿,就被警察逮去了吧。"

"嗯,我早就想到这个小无赖是不会到场的。"安东尼咯咯地笑道,"再见,凯利。"

菜单上的春天

蒲 公 英 ， 春 天 的 使 者 。

这是三月里的某一天。

噢，您写小说时可千万不要这样开头。再没有比这更糟的开头了。这样的开头毫无想象力，枯燥乏味，就跟要转述一些道听途说似的。不过这样的开头用于本篇倒是情有可原的。因为，下面这句本该算作起头的话，对于毫无思想准备的读者来说，太过突兀粗鄙，太过荒诞不经了，简直不配呈现在诸位的面前。

莎拉正对着她的菜单哭泣。

想象一下一个纽约姑娘泪洒菜单的情景吧！

她因何落泪？为了解释这一现象，你或许会做出如下的合理推测：她想吃龙虾，可店里已经卖完了；她发过誓在大斋期不吃冰淇淋的，却又受到了菜单的诱惑；她要了一份洋葱；她刚从哈克特剧院看完悲剧出来……然而，这些推测一个都不对。因此，还是让我把故事讲下去吧。

有位先生说世界是个牡蛎，他能用他的剑将其撬开，他也因此而出了名。[1] 用一把剑来撬开牡蛎，当然是轻而易举的。可你见过谁试图用打字机来撬开地球这个大牡蛎吗？你又是否愿意等着看一打紧闭着的牡蛎被人用这种方式打开呢？

莎拉已经用她那非常笨拙的兵器撬开了一点世界这一特殊贝类的外壳，尝到了一点点冰凉、黏滑的内瓤。她并不精通速记，这一点就跟所有刚从商学院出来闯世界的学生一样，虽然持有速记毕业证，却并不长于此道。因此她进不了那些明亮宽敞、精英汇集的办公室。她只是个打零工的打字员，需要四处奔波，必须不停地揽活儿才能养活自己。

到目前为止，莎拉在与全世界抗争的伟大战争中所取得的最辉煌的战绩，就是她与舒伦贝格家庭餐馆成功签订了一份工作协议。这家餐馆位于她寄宿的旧红砖公寓的隔壁。一天晚上，莎拉在舒伦贝格餐馆吃完了她那份四十美分的五道和菜（上菜速度简直就跟朝黑人脑袋上连抛五个棒球一样快）后，就把店里的菜单带回了住所。那菜单是用手写的，既不是英文也不是德文，潦潦草草，简直难以辨认，而且排序混乱，如果您不仔细审读，那么您首先看到的将是牙签和米饭布丁，最后才能看到菜汤和星

---

[1] 译注："The world is your oyster（世界是你的牡蛎）"是一句英国俚语，源自莎士比亚戏剧《温莎的风流娘们儿》中的一句台词："The world is my oyster." 意思是：世界上有许多有价值的东西。鼓励人们积极进取。这里所说的"先生"，就是指莎士比亚。

期几。

第二天，莎拉向舒伦贝格呈上了一张整洁的卡片。其实，那是一份用打字机打印得整整齐齐的菜单。各种诱人的菜肴被分门别类、一目了然地罗列其上。开头处恰如其分列出了"开胃小吃"，末尾处还极为人性化地加上了"大衣、雨伞请勿遗忘，若有丢失本店概不负责"的提示，看得老板舒伦贝格心悦诚服。以至于莎拉在离开餐馆之前，便成功地跟他在极为友好的气氛下签订了一份协议。根据该协议，莎拉必须给餐馆的二十一张餐桌提供打印好的菜单——每天的晚餐是一定要新菜单的，并且，出于整洁或内容变化（这也是经常发生的）的需要，也必须给早餐和午餐提供打印好的新菜单。

作为回报，舒伦贝格将派侍者——尽可能派讨人喜欢的侍者——往莎拉的房间送一日三餐，并在每天下午提供一份用铅笔写的菜单草稿。这便是命运女神给第二天光顾舒伦贝格餐馆的顾客所准备的饭菜。

应该说，他们双方都对该协议感到十分满意。舒伦贝格餐馆的老主顾们现在也知道他们吃的东西叫什么名字了——尽管这有时又会让他们摸不着头脑。而更为重要的是，莎拉可以在寒冷、阴郁的冬天里吃上饭了。

日历说春天已经来临。这分明是在胡说八道。春天该来的时候自然会来，并不需要日历来替它发布消息。眼下，一月里的积雪依旧冻得坚如磐石，遍布全市的大街小巷。手摇风琴仍在用它那十二月的活泼和温情演奏着《在那美好的夏天》。男人们开始提前三十天为女眷们定购过复活节时穿的盛装。公寓里的看门人关掉了暖气。只要有这些事情发生，人们就该知道这座城市仍处在寒冬的淫威之下。

一天下午，莎拉待在她那间"室内供暖、一尘不染、舒适便利、赏心悦目"[1]的"高雅"的走廊卧室里瑟瑟发抖。除了给舒伦贝格餐馆打印菜单外，她无事可干。莎拉坐在她那张吱呀作响的柳木摇椅上，直愣愣地望着窗外。墙上的日历正不住地冲她高喊："春天在这儿，莎拉，告诉你吧，春天在我这儿呢。看我这儿呀，莎拉。我的数字已经清清楚楚地表明这一点。你也拥有一个美妙的身材[2]啊，莎拉。你的身材本身就洋溢着春天的气息。你干吗还要忧伤地望着窗外呢？"

莎拉的房间位于公寓的背面。透过窗子，她能看见后街一家制箱厂的没有窗户的砖砌后墙。不过那道墙并不能形成障碍，对她来说，仿佛就是用晶莹剔透的水晶建成的。透过它，莎拉可看到一条掩映在樱桃树和榆树下的绿草如茵的小径，路两旁还长着许多树莓丛和金樱子。

---

[1] 译注：房屋招租的广告语。
[2] 译注：原文中用 figure 既表示"数字"也表示"身材"，一语双关。

对于人们的眼睛和耳朵来说，春天来临的真实先兆实在是太过微妙了。番红花的点缀，山茱萸的亮相，以及蓝知更鸟的歌唱自然是必不可少的——哪怕连荞麦和牡蛎未及将"绿衣仙子"拥入怀中便匆匆挥手作别都算上，也还是难以察觉的。因此，对于被古老地球精选出来的宠儿来说，最为真切且甜蜜的讯息无疑是来自春天这位新娘本身的。这讯息将告诉他们：除非自己乐意，他们不再是没人疼爱的孤儿了。

去年夏天，莎拉去了趟乡下，在那儿她爱上了一个农民。

（您写小说时可别像我这样随心所欲地玩弄"倒叙"。这是一种十分糟糕的手法。因为它会提前剧透，令人扫兴。不过，您还是让我继续下去吧。）

莎拉在桑尼布鲁克农场待了两星期。在那儿，她结识并爱上了老农民富兰克林的儿子——小农民瓦尔特。通常，农民的生活就是匆匆地结婚生子，草草地了却一生。可是年轻的瓦尔特·富兰克林却与众不同，他是个新型的农学家。他的牛棚里装有电话，他能准确预测来年加拿大小麦的收成对他披星戴月种下的土豆有什么影响。

就在这条点缀着树莓的林荫小道上，瓦尔特向她求婚，并赢得了她的芳心。他们并肩而坐，情话绵绵。瓦尔特编了一个蒲公英花冠，戴在她的头上，还不遗余力地赞美她那棕色长发配上金黄色的花朵后是多么美丽。后来,她把那花冠留在农场,使劲挥舞草帽告别后,踏上了归程。

瓦尔特说过,他们将在春天里结婚——一出现春天的讯息就结婚。莎拉回到城里后,就没头没脑地敲打起了打字机,直到今天。

突然,一阵敲门声将莎拉从往日的幸福时光拉回到了严酷的现实。原来,一位侍者拿来了第二天要用的菜单草稿——那是老舒伦贝格用他那瘦骨嶙峋的手捏着铅笔歪歪扭扭地写下的。

莎拉在她的打字机前坐下来,往滚筒间塞了一张卡片。她干起活来向来手脚麻利。通常用不了一个半小时,二十一张菜单就可全部打完并整理出来了。不过与往常相比,今天菜单上的变动要多得多:各种汤更加清淡了;猪肉已从主菜中消失,仅与俄罗斯红萝卜一起出现在烧烤类中。可以说,整张菜单都洋溢着融融春意。不久前还在绿色初现的山坡上欢蹦乱跳的小羊羔,已被端上了餐桌,作为对它那天真活泼的纪念,还被配上了沙司。牡蛎之歌虽未完全沉寂,却已经风光不再,令人留恋不已。煎锅似乎已被仁慈的烧烤师傅收到了餐柜里面,无用武之地了。馅饼的阵容扩大了。油腻的布丁不见了踪影。有着漂亮外衣的香肠只能与荞麦为伍,乐观豁达,却难逃宿命。

莎拉的手指上下翻飞,犹如一个个在夏日小溪上跳舞的小精灵。她凭着精准的眼光,根据其拼写的长短,从上到下妥善安排,将每一道菜都安排到恰如其分的位置上去。

不一会儿,她就打到了甜点上面的蔬菜类:胡萝卜加豌豆;芦笋配吐司;四季不断的西红柿配玉米、豆煮玉米;利马青豆;卷心菜——还有——

莎拉突然哭了起来。她对着菜单哭了。产生于某种神圣的绝望深处的泪水从她的心底喷涌而出,聚集在她的眼眶里。她的头垂在小小的打字机上方,干巴巴的击键声与湿漉漉的抽泣声同时响起。

她已经两星期没有收到瓦尔特的情书了,而菜单上的下一道菜恰好是蒲公英——蒲公英再加个什么蛋——去你的蛋吧!蒲公英,瓦尔特就是用它那金灿灿的花编了个花冠,为他心爱的女王兼未来的新娘加冕的呀——蒲公英,春天的使者,她那无与伦比的王冠——怎能不让她联想起最最幸福的美好时光呢?

夫人,您笑了吗?好吧,我想要是您面临如下的考验,就肯定笑不出来了:在您把自己的心交给珀西的那个夜晚,珀西送给您一束马雷沙尔·尼尔玫瑰,而您却眼睁睁看着这些玫瑰被做成了色拉,浇上法式沙司后被端上了舒伦贝格餐馆的餐桌上。若是朱丽叶看到她那爱情的信物被人如此糟蹋,恐怕她就会更早些去高明的药剂师那儿讨失忆药的。

春天的魔力是多么伟大呀!它无论如何也要将讯息送入这个

由石头和钢铁建成的冰冷的城市。可是,除了这个身穿粗陋的绿色外衣、谦逊朴实而又坚强无比的田野小信使之外,还有谁堪当邮差之大任呢?他是一名真正的战士,是狮子的牙齿——正如法国厨师称呼的那样。灿烂绽放时,他成人之美,被编成花冠戴在姑娘的棕色秀发上;花期未至而正值稚嫩鲜美之时,他纵身跃入鼎沸的汤锅,传递着春天这个高贵的女主人的讯息。

不一会儿,莎拉强忍住了泪水。因为,菜单是必须打好的。不过她仍有些头晕目眩,仍沉迷在那金色的蒲公英梦幻之中。有那么一阵子,她的手指心不在焉地敲打着键盘,思绪和内心却仍与她那位年轻的农民漫步在绿草如茵的小径上。但她很快就清醒过来,回到了曼哈顿那坚硬的石板路上,打字机咔咔作响,就跟罢工破坏者的汽车一样上蹿下跳。

傍晚六点钟,侍者送来了莎拉的晚饭,拿走了打印好的菜单。吃饭时,莎拉长叹了一声,把一盘上面覆盖着什么蛋的蒲公英推到了一边。由于这盘黑乎乎的东西已经从光彩夺目、象征着爱情的鲜花降级为微不足道的蔬菜,她夏天里的热切期望也就随之而枯萎、凋落了。莎士比亚说过:爱,是可以自我滋养的。可莎拉却不能让自己去吃蒲公英。因为,它们曾作为无比华贵的饰物,装点过她内心真爱的第一次精神盛宴。

七点半,隔壁的那对夫妻开始吵架;住楼上房间的男人尝试着要在长笛上吹出 A 调;煤气供给越来越弱;三辆运煤车开始卸货——这是唯一让留声机嫉妒的声音；后院围墙上的猫慢慢地往谋克敦[1]撤退。根据这些动静，莎拉知道她的读书时间到了。她取出了当月最不畅销的书——《修道院与壁炉》[2]，将双脚搁在行李箱上，开始同主人公杰勒德一起漫步。

就在这时，前门的门铃响了，女房东前去开门。莎拉撇下被熊追上了树的吉拉德和丹尼斯，竖起耳朵来仔细听着。噢，是的。换了您，您也会像她这样的。

楼下的门厅里传来了一个洪亮的声音。莎拉猛地跳起身来扑向房门。那本书被扔到了地板上，与熊较量的第一回合，就这样被它轻轻松松地赢了过去。

对！您已经猜着了。

莎拉刚刚跑到楼梯口的时候，她的农民心上人已经一步三级地冲上了楼，一把将她揽入怀中，就像收割庄稼似的那么干净彻底，不给拾穗人留下一颗一粒。

"你为什么不给我写信？"莎拉嚷嚷道，"为什么？"

"纽约真是个大城市，"瓦尔特·富兰克林说道，"一星期前

---

[1] 译注：原文为"Maken，谋克敦"为满语音译，是旧时期外国人对今辽宁沈阳的称呼。该小说写日俄战争时期，美国报纸也及时报道了俄军节节败退的战况。作者在此借用新闻热点加以调侃。

[2] 译注：英国小说家查尔斯·里德（1814—1884）的杰作，出版于1861年，是一部关于荷兰人文主义者伊拉斯谟的父母杰勒德和玛格丽特的历史浪漫剧。

我就去了你以前住的地方，却发现你在星期四搬走了。这能避免星期五可能出现的厄运，多少能让人放宽些心。但不能阻止我通过警察以及其他途径寻找你的下落呀！"

"我写信告诉你了呀！"莎拉急道。

"可我根本就没收到！"

"那么你是怎么找到我的呢？"

青年农民绽露了春天般的微笑。

"今晚，我无意中走进了隔壁的那家家庭餐馆。"他说道，"我不在乎它是否有名，我只是想吃些时令蔬菜。我用目光扫视着那张打印得非常漂亮的菜单，想从中挑选一些。当我看到卷心菜下面的字时，就碰翻了椅子，起身喊来了老板。就是他告诉我你住在哪儿的。"

"我记得，"莎拉幸福地舒了一口气，"卷心菜的下面是蒲公英。"

"在世界的任何地方，我都能认出从你的打字机打出的那个大写的'W'。因为它总是那么怪模怪样，还冒出了行。"富兰克林说道。

"你说什么呢？'蒲公英'这个词里哪有'W'啊？[1]"莎

---

[1] 译注：蒲公英在英语里是 dandelion，没有 W。但"瓦尔特（WALTER）"中有"W"。

拉十分诧异地问道。

小伙子从口袋里掏出那张菜单,用手指着上面的一行字。

莎拉认出那就是她当天下午打出来的第一张菜单。在右上角她滴过一滴眼泪的地方,仍留着一点痕迹。而就在那个本该让人们看到那种草地植物的名称的地方,对金黄色花冠的甜蜜回忆竟让她的手指打出了一串别的字母。

出现在红叶卷心菜和填馅绿青椒之间的菜名居然是:

"最亲爱的瓦尔特配白煮蛋。"

春梦苦短

想想吧，就连艾琳也没在餐馆里被人当众拥抱、亲吻过啊！

要是你连"博格尔家常菜馆"都不知道,那可就是你的损失了。因为,假如你是一位享受着锦衣玉食的幸运儿,你可以饶有兴趣地在这家饭店了解到另一半平民百姓的饮食消费状况。而假如你不巧属于后者,并是那种每当侍者递来账单就心里发怵的人,那就更应该熟悉这家菜馆了。因为,在这儿吃饭能让你吃回本儿来——至少从量上来说是这样的。

博格尔家常菜馆位于那条属于中产阶级的大道上,也就是住着布朗·琼斯与罗宾逊的第八大道。餐馆里摆放着两排桌子,每排六张。每张桌子上都放着一个调料架,其中放着各类瓶装的佐料。从胡椒粉瓶里,你可以撒出一团让人望之皱眉、食之无味的类似火山灰的粉末。至于那个装盐的瓶子,你就别指望里面会有什么东西了。即便是一个能从一根干瘪的萝卜里挤出鲜红汁水来的人,恐怕他那出神入化的绝技在博格尔餐馆的盐瓶子上也同样是无能为力的。除此之外,每张桌子上还放着一瓶"按印度宫廷秘方精制而成"的冒牌货酱油。

冷漠、贪婪、动作迟缓、闷闷不乐的饭店老板博格尔坐在收银台后面负责收钱。他坐在一堆小山似的牙签后面给你核对账单、找零,并目送你离去,还会像一只蛤蟆似的对你咕呱一句天气什么的。而你呢,除了对他关于天气的话敷衍一下以外,最好还是别冒险说别的了。因为你不是他的朋友,你只是个来吃饭的顾客,一个匆匆的过客,在加百列[1]吹响那吃最后的晚餐的号角之前,恐怕你再也不会见到他的。所以你还是拿上找给你的零钱赶紧走人吧——只要你愿意,去什么鬼地方都行。现在,诸君总该了解一点博格尔的性情了吧。

凡是来餐馆吃饭的客人都由两位女招待和一位"大嗓门"招呼着。其中的一名女招待名叫艾琳。她身材高挑、美丽可爱,待人和蔼可亲并且巧于应对,八面玲珑。呃,她的别名叫什么来着呢?噢,在博格尔餐馆她已经不需要什么别名了,就像这里不需要上流饭店才有的"洗手盆"一样。

另一名女招待名叫蒂尔迪。啊?你干吗要建议说出她的本名玛蒂尔德呢?好吧,这次你可听好了——蒂尔迪。蒂尔迪又矮又胖,长一张扁平脸,一心只想取悦取悦她的人。嗯,请诸位把最后这句话在心里再默念一两遍,然后咂摸一下这两个"取悦"吧。

至于博格尔餐馆里的"大嗓门",大家都只闻其声未见其人。

---

[1] 译注:《圣经》中所记载的炽天使。传说末日审判的号角就是由他吹响的。

那嗓音是从厨房里传出来的,十分粗野,内容毫无原创性,只是毫无意义地重复一下女招待所报的菜名而已。

如果我再跟您唠叨一遍艾琳美丽动人,您是否会觉得厌烦呢?别急,老兄。要是她穿上价值数百美金的衣服去参加复活节游行,又碰巧被你看到了,我想您也一定会对她的美貌赞不绝口的。

在博格尔餐馆里,所有的顾客都是她的奴隶。她可以同时照料六桌坐得满满当当的客人。那些赶时间的客人只要看一眼她那轻快的动作和婀娜的身姿,心中的焦躁便立刻烟消云散。而那些已经吃完的客人为了再欣赏一会儿她那灿烂的笑容,宁可再多吃一点。来这儿吃饭的人——大多数都是男人——都想要给她留下个好印象。

艾琳伶牙俐齿,妙语连珠,同时与十二位客人聊天也能对答如流。她的每一个微笑都像机关枪子弹一样,直接射入众人心里。更何况她报菜名的本事也同样令人叫绝,诸如猪肉豆子、炖肉、火腿煎蛋、香肠麦片等,以及各种煎烤熏炸的菜肴,她都能分毫不差地一口气报出来。客人们来到博格尔餐馆,边吃边聊,打情骂俏,插科打诨,简直跟出席社交沙龙一般,而艾琳则成了这里的交际花。

如果说那些偶然进店的过客会被艾琳瞬间迷住,那么那些常客就更是拜倒在她石榴裙下的追求者了。并且,他们还经常为了获取她的欢心而明争暗斗着。事实上只要她愿意，每个晚上都可以跟人约会。每星期至少会有两人请她去看戏或出席舞会。一位被她和蒂尔迪私下里称为"肥猪"的胖绅士送了她一颗绿松石戒指。另一个在运输公司开修理车，人称"愣头青"的家伙曾表示，只要他哥哥签下了第九大道的拖运合同，就立刻送一只贵宾犬给她。还有一位老吃排骨和菠菜，自称是个股票经纪人的客人，曾邀请她一块儿见识一下"帕西法尔"[1]。

"我不知道这地方在哪儿，"艾琳在与蒂尔迪讨论这事儿时说道，"但是，在我准备旅行服饰之前，总得先给我戴上结婚戒指呀——难道不该这样吗？嗨，我觉得就该这么办！"

好吧，让我们回头再来说说蒂尔迪吧！

在这家烟雾缭绕、人声鼎沸、满是卷心菜气味儿的博格尔餐馆里，一出伤心悲剧正上演着。

蒂尔迪鼻子扁平、头发枯黄、满脸雀斑，腰身像个米袋子，从来就没谁爱慕过她。她在餐馆里来来回回地招待客人，可客人们的眼睛从不跟着她转，除非他们实在是饿急了才会对她目露凶光。没人跟她戏谑打趣。早晨，也没人会像对艾琳那样用充满挑

---

[1] 译注：德国作曲家瓦格纳根据亚瑟王传奇故事创作的歌剧。帕西法尔是该剧中寻找圣杯的英雄。艾琳误以为这是个地名，暗示她尽管漂亮，却没有文化修养。

逗性的语调跟她打招呼。当她上鸡蛋上得太慢时,也没人会问她昨晚是否跟男朋友玩得太晚了。当然了,更没有人送她绿松石戒指或者邀请她去神秘而遥远的"帕西法尔"。

蒂尔迪是个好侍者,可男人们却仅限于容忍她的存在而已。哪怕坐在了她负责的桌子旁,他们也只是简要地跟她就菜价交涉几句,然后就提高嗓门,眉飞色舞地用甜言蜜语跟大美人艾琳别有情趣地神聊起来。他们坐在椅子上总是左右摇摆、左顾右盼,好让视线从挡在面前的蒂尔迪身上绕开而找到艾琳。仿佛只要有艾琳的美貌做调料,他们盘子里的咸肉和鸡蛋就会变成山珍海味似的。

不过,蒂尔迪并不在乎这些,只要艾琳能获得男人们的奉承和仰慕,她就心甘情愿地成为无人问津的苦力。扁鼻子对于精巧的悬胆鼻真可谓是忠心耿耿啊。她是艾琳的死党,她乐意看到艾琳用她那勾魂摄魄的美丽将男人们的注意力从热气腾腾的肉馅饼和柠檬蛋白酥皮上吸引过去。但是,哪怕是最丑陋的人,在满脸雀斑和枯黄头发之下的心中,也会梦想一位无可替代且专属于自己的王子或者公主的。

一天早晨,艾琳匆匆赶来上班。她的一只眼睛微微有些青肿,但蒂尔迪的热情关切,像是能治好几乎所有的眼疾的。

"就是那个'愣头青'干的好事!"艾琳解释道,"昨晚回家,我走到第二十三大街和第六大街的交叉路口时,他蹿出来胡搅蛮缠,我给了他一个冷脸,没搭理他,他就溜一边去了。可谁知他盯我的梢,一直盯到第十八大街,然后又蹿出来跟我胡说八道。天哪!我狠狠地抽了他一个耳光,然后他就把我的眼睛打肿了。我这样子很难看,是吧,蒂尔迪?尼克尔森先生十点钟要来喝茶吃烤面包的,要是让他看见我这样子,可就糟了。"

蒂尔迪屏住了呼吸,无比羡慕地听着这段令人万分激动的冒险经历。因为,从来就没有哪个男人盯过她的梢。一天二十四小时,她无论在什么时候外出也都是安全的。噢,要是有个男人来盯我的梢,并且因为爱我而把我的眼睛打肿,那该是件多么幸福的事呀!

在博格尔餐馆的顾客中,有一个名叫希德斯的年轻人,是在一家洗衣店里工作的。希德斯先生很瘦,头发稀疏,给人的感觉就像一件刚晒干还没熨烫过,却又上了浆的衣服。他缺乏自信,不敢主动挑逗艾琳,所以他通常都坐在蒂尔迪负责的桌上,在那儿一声不吭地吃他的水煮石首鱼。

有一天,希德斯先生又来餐馆吃饭了,不过这天他是喝了啤酒来的。当时店里只有两三位客人。希德斯先生吃完他的石首鱼后站起身来,搂住了蒂尔迪的腰,不容分说地给了她一个响亮的吻,然后大摇大摆地走到了大街上,朝着洗衣店方向打了个响指,急匆匆地去游乐场玩吃角子的老虎机了。

好一会儿,蒂尔迪呆若木鸡。后来她发现艾琳在她眼前摇晃

着一根食指,嘴里还念念有词的:

"嗨,蒂尔,你这个鬼丫头!你知道吗?你变坏了。你这个调皮的小精灵!好吧,我算是明白你要偷我的粉丝了!看来我得对你多留个心眼了,我的小姐!"

等蒂尔迪缓过神来后,她忽然意识到了一件事。那就是,刹那间她就已经从一个毫无希望,只会自卑和艳羡别人的傻妞,变成了跟艾琳一样充满魅力的高傲女人了,已经成了一个能吸引男人的女人,成了爱神丘比特的箭靶子,成了罗马人宴席上羞羞答答的赛宾女人[1]了。男人们发现了她的腰肢别有风情,并对她的樱唇垂涎三尺。那个毛手毛脚而又多情浪漫的希德斯仿佛给她做了一次无比神奇的一日漂洗。他从她身上扒下原先的那件难看的粗布衣服,清洗、晒干、上浆、熨平,送还给她的时候,已成了一条精美的绣花长裙——一件维纳斯身上的礼服。

蒂尔迪脸颊上的雀斑已完全消融在桃色潮红中。她的眼眸之中闪出了锡西和赛普克[2]才有的光芒。啊,多么激动人心啊!想想吧,就连艾琳也没在餐馆里被人当众拥抱、亲吻过啊!

蒂尔迪可守不了这么个激动人心的秘密。一到店里的生意清闲下来,她就跑到了博格尔的桌子旁。她两眼放光,还极力克制

---

[1] 译注:赛宾是古代意大利中部的一个民族,公元前3世纪被罗马征服。
[2] 译注:希腊神话中的美女,爱神丘比特曾深深地爱上她。

着自己，以免过度兴奋而使自己的声调听起来太过傲慢和自夸。

"今天，有位先生对我非礼了。"她说道，"他搂我的腰，还亲吻了我。"

"是吗？"博格尔立刻卸下商人的面具，说道，"好吧。从下周起，你每周可以多拿一美元了。"

下一顿饭开始的时候，蒂尔迪又忙碌开了。每当她将饭菜端到熟识的客人面前时，就会像自身卓越无需他人赞扬的人那样谦逊地说：

"今天有位先生在店里非礼了我。他搂了我的腰，还亲吻了我。"

听到这么件奇闻逸事之后，客人的反应也是五花八门的——有的将信将疑，有的表示祝贺，还有些之前只对艾琳打情骂俏的客人把目光转移到了她的身上。蒂尔迪心花怒放。因为她觉得自己在那昏暗旷野上奔波了这么久，终于看到在远方的地平线处升起了一座浪漫的爱情之塔。

希德斯先生已经有两天没来了。在这两天里，蒂尔迪坚信自己是一个被人苦苦追求着的女人。她买来了缎带，把头发梳理得跟艾琳一模一样，还把自己的腰收紧了两英寸。她怀着一种恐惧的快感，幻想着希德斯先生会突然冲进来掏出手枪朝她射击。因为，他一定是爱她爱得死去活来了，而一个感情极易冲动的求爱者往往是既没头脑又妒火中烧，什么事都做得出来的。

就连艾琳也没遭到过情人的枪击啊！但蒂尔迪还是希望希德斯先生不要对自己开枪，因为她一向对艾琳忠心耿耿，不忍心抢了她的风头。

第三天下午四点，希德斯先生来了。这时，店堂里一个客人都没有。蒂尔迪在餐馆的最里间往瓶子里装芥末，艾琳在分切馅饼。希德斯先生走到了她俩的身边。

蒂尔迪一抬头便瞧见了他，顿时倒吸了一口凉气，一下子就将舀芥末的勺子按在了心口上。这天，她在头发上系了一条红发带，脖子上戴了一串蓝珠项链，与第八大道维纳斯雕像上的差不多，项链的尾端还坠着一个好看的银鸡心。

希德斯先生满脸通红，局促不安。他一只手插在裤子后袋里，另一只手竟然插进了刚做好的南瓜馅饼里。

"蒂尔迪小姐，"他说道，"我要为那天晚上的事向您道歉。说实话，我那天醉得不轻，否则我是不会干那种傻事的。我在清醒的时候是绝不会那样对待女士的。所以，蒂尔迪小姐，我希望您能够接受我的道歉，并请您相信，在我没喝酒的时候，是绝不会做那种傻事的。"

说了一番得体的言辞之后，希德斯先生认为自己已经尽到礼数了，便退回身，扬长而去了。

可是，在那道简易屏风的背后又是一幅怎样的光景啊！可怜的蒂尔迪趴在那张放着黄油块儿和咖啡杯的桌子上泣不成声。她哭得是那么伤心,真是仿佛连心都要被哭了出来。因为她意识到她又将回到昏暗的旷野上,与她的扁鼻子和枯黄头发一起颠沛流离了。她扯下红发带扔在地上。此刻的她极端鄙视希德斯。她本以为他的吻就是那个能使时光重新流转起来,能让仆人们在仙境中重新奔跑起来的王子的吻呢。这下倒好,那个吻只是个酒后的胡闹,一次偶然的发泄。一场虚惊之后,王宫并未因此而喧嚣起来,她也永远只能做个睡美人了。

然而,她也并未因此失去整个世界。艾琳伸出手臂拥抱了她,她也伸出红通通的手在黄油块儿中摸索着,最后还是握住了艾琳温暖的双手。

"没什么,蒂尔,"尽管艾琳并不能完全领会其中的奥妙,可她依旧安慰道,"那个萝卜脸、小晾衣夹似的希德斯不值得你伤心。他压根儿就不算个绅士,或者说他压根儿就不该来道歉的。"

带家具的出租屋

房间嘛,配了家具,就是为了租出去的。

匆匆忙忙，转瞬即逝，变幻无常——在城市西区红砖房那一带的低档住宅区里，有一大批人如同这时间本身一样的虚无缥缈。他们无家可归，或者也可以说是有成千上百个家可回。他们轻舞翩跹地从一个带家具的出租屋飞入另一个带家具的出租屋，永无宁日。家居如此，心灵也如此。他们用吊儿郎当的爵士曲调哼唱着《家，甜蜜的家》。他们的全部家当都装在一个硬纸盒里。他们的葡萄藤缠在阔边帽上，而橡胶花木就是他们的无花果树[1]。

既然这一带有上千个如此这般的房客，那么关于这一带的房子，自然就有上千个故事好讲了。无疑，其中的大部分都是枯燥乏味的。但是，要是在这些匆匆过客所搅起的余波中找不出一两个冤魂来，那才真叫咄咄怪事呢。

一天晚上，天已擦黑，有个小伙子徘徊在这些破旧不堪的红

---

[1] 译注：《圣经·旧约·列王纪》说所罗门王当政的时候，"从但（古代以色列最北端的城市，靠近黎巴嫩边界）到别是巴（是目前以色列第六大城市）的犹太人和以色列人，都在自己的葡萄树下和无花果树下安然居住"。所以后来"葡萄藤"和"无花果树"在西方就成了生活安定、富足的象征。

砖房之间，挨家挨户地按门铃。现在他来到了第十二家的门前，把干瘪的手提包放在台阶上，抹去帽檐和额头上的灰尘。铃声十分微弱，好像传入了一个幽远的洞穴深处。

这是他按过的第十二家的门铃。不一会儿，女房东开门出来了。她的模样让小伙子联想起一条脏兮兮的吃得太多的蛆虫。眼下，它已经把果壳啃得空空如也，正在寻找新的可填饱肚子的食物——房客。

小伙子问她可有空房出租。

"进来吧。"女房东说道。她的声音发自嗓子眼，而她的嗓子眼又好像长了毛。"三楼还有个里间，空了一个星期了，看看吧。"

小伙子跟她上了楼。不知从什么地方射来的一道微光淡化了过道上的阴影。他们悄没声息地走着，脚下的地毯破烂不堪，恐怕连造它出来的织机都要赌咒发誓说不认识它了。这地毯似乎已经退化为植物了，已经在这腐臭、阴暗的空气中变为肥硕的苔藓、地衣，紧紧地附着在楼梯上，东一块，西一块，四处蔓延着，踩在脚底下黏黏糊糊的，跟有机物似的。每个楼梯拐角处的墙上都挖出了壁龛，可每个壁龛里都空空如也。或许那里面曾放过些花花草草。如果真是那样的话，那些花草肯定早已在污浊不堪的空气中枯萎凋落了。或许那里面也曾摆放过圣像，但不难想象，它们也肯定在黑暗中被淘气鬼和恶魔拖出来，拖到下面某个带家具的邪恶深渊里去了。

"就是这间。"女房东说道——还是用她那个长了毛的嗓子，"房间不赖。难得有轮空的时候。去年夏天还住过一些很体面的客人呢。他们从不给我找麻烦，提前付房租，十分守时。噢，对了。自来水在过道尽头。斯普罗尔斯和穆尼就在这儿住过三个月。他们是演那些带杂耍的滑稽喜剧的。我是说布丽塔·斯普罗尔斯小姐——也许你听说过她吧——当然了，那只是艺名儿——她那张镶了镜框的结婚证书，就是挂在那张梳妆台上的。好了，煤气在这儿。你瞧瞧，这衣橱也够宽敞吧。人见人爱啊，这房间，从未长时间空着过。"

"你这儿住过很多演戏的吗？"小伙子问道。

"是啊，我的房客中好多人都跟剧院有关，来来往往的。对了，先生，这一带有许多剧院，而做演员的是从不老待在一个地方的，我也沾了他们不少的光啊。他们总是来了又去，去了又来。"

小伙子要了这间房，也愿意预付一个星期的房租。他说他累坏了，想马上入住。他点清了钱，缴付了租金。女房东说房间早就收拾好了，连毛巾和洗脸水都准备好了。女房东转身准备离去时，他又将那个已经问过一千遍的问题推上了舌端。

"呃，我说，有个年轻姑娘——瓦西纳小姐——艾露伊丝·瓦西纳小姐——你记得房客中有过这么个人吗？她多半是在舞台上唱歌的。她很漂亮，中等个头，身材苗条，金红色头发，左眼眉毛边有颗黑痣。"

"噢，不，我不记得这么个名字。那些上台演出的，换名字跟换房间一样快。他们来来去去的，没个准头儿。我想不起这么个名字来。"

噢，不。总是"不"。五个月来不断地打听，可得到的回答总是千篇一律的"不"字。已经那么多天过去了。白天去找剧院经理、经纪人、演艺学校和合唱团打听，晚上则混在观众里去各种演出场所寻找。从明星荟萃的大剧院，到下流污秽的歌舞厅——他甚至害怕会在那种地方找到他的姑娘。他对她一往情深，非找到她不可。他坚信，自从她离家出走之后，一定是这座流水环绕的大城市留住了她。可这座城市就像一片巨大流沙，沙粒的位置每时每刻都在发生着变化，根本没有坚实的地基，今天还浮在面上的细粒，到了明天就被覆盖在黏土和污泥之下。

这间带家具出租的房间以一种虚情假意的姿态接纳了这位新来的房客，简直就跟一个满脸潮红、干瘦憔悴、强颜欢笑、敷衍了事的娼妓一般。破旧不堪的家具、面罩；早已千疮百孔的长沙发和两把椅子、两扇窗户间才一英尺宽的廉价穿衣镜、一两个烫金相框、角落里的黄铜床架——这一切综合在一起，呈现出了某种似是而非、强人所难的舒适感。

这位新来的房客颓然呆坐在一把椅子上，而这个客房则像是通天塔里的一个小间，尽管语言不通，稀里糊涂，却仍要向他讲述过往房客的故事。

地上铺着一块杂色的小地毯，仿佛是一个鲜花盛开的长方形热带小岛，而它的四周则是由肮脏的席子构成的波涛汹涌的大海。糊着花哨墙纸的墙壁上，贴着紧随着无家可归者四处流浪的图片："胡格诺教派教徒的情人们""第一次吵架""婚礼早餐""喷泉旁的美女"。壁炉架典雅庄重的轮廓被一些歪歪斜斜的花哨布条给遮住了，而那些布条简直就像是芭蕾舞剧中亚马孙女战士的肩带。炉台上残留着一些老房客丢弃的零碎杂物，都是些困居客房的人在幸运的风帆把他们载去新的港口时抛弃的破旧玩意儿。一两个微不足道的花瓶、几张女明星的图片、一个药瓶、一堆残缺不全的扑克纸牌。

渐渐地，随着一个个"密码"的解读和破解，之前住过这间房间的老房客所留下的各种蛛丝马迹也都开始呈现出清晰明确的含意来了。

梳妆台前的那块地毯早已磨得褴褛不堪，表明有许许多多可爱的女士曾在此搔首弄姿；墙上的小指纹证明曾有"小囚徒"在此追求过明媚的阳光和新鲜的空气；一团四散飞溅的污迹，宛如炸弹爆炸后的遗迹，分明是杯子或瓶子连同其所盛之物一起被砸在墙上的见证。穿衣镜上被人用玻璃钻刀歪歪扭扭地刻了个"玛丽"的名字。看来前前后后凡是搬到这间带家具的客房来住的人都变得火气十足——也许是受到客房那俗艳的冷漠驱使——似乎这老兄实在是耐不住客舍独居的寂寞，从而在辗转反侧之后恼羞成怒，不得不以这种无比冲动的方式发泄一下了。所有的家具均已伤痕累累：长沙发因弹簧的反抗而变形，看上去就像是一头在惊厥之际被猛然杀死的可怕的怪物；某次威力更大的暴动砍去了大理石壁炉台的一大块额头；地板的每一块拼木都极具个性地展现出了一个斜面，并由于各有各的痛苦和哀怨而呻吟着。而令人难以置信的是，所有将怨恨和伤害发泄在这间带家具出租房的人，竟然都是那些曾一度将其称为"家"的人。或许正是屡遭欺骗仍痴心不改的恋家情结在忍无可忍之后，才会对所谓的"家庭之神"爆发出如此狂暴的报复行为吧。毕竟，哪怕是一间小小的陋室，只要它是属于我们自己的，我们都会将其打扫干净，精心布置，倍加呵护的。

这位年轻的房客就这样坐在椅子上，任由这些渺如飞絮的无端思绪在心头飘忽而过。与此同时，各种现实中的声响和气味儿也飘进了这个房间。他听见，某个房间里传出了"咻咻"窃笑和肆无忌惮的大笑，而从别的房间里则传出了咒骂之独白、骰子滚动时的咔嗒声、摇篮曲和呜呜的抽泣声。楼上有人在弹五弦琴，叮叮当当，清脆悦耳。砰砰砰砰的关门声。高架列车时不时地呼啸而过。有只猫在屋后的篱墙上哀哀嚎叫。他呼吸着这所房子的气息——不如说是一股潮湿味儿，仿佛是从地窖中传出的由油布和发霉的烂木头混合而成的恶臭。

然而，就在他这么歇息着的当儿，房间里忽然充满了木樨草那浓烈的香甜气味儿。它似乎是随风而入的,却又是那么真真切切,芬芳馥郁,浓烈撩人,简直就跟来了一位活色生香的访客一般。小伙子忍不住大叫起来:"你怎么了?亲爱的?"随后,就好像真有人在喊他似的,他一跃而起,四下张望。浓郁的香气扑面而来,并将他团团裹住。他伸出了双臂,刹那间百感交集,心乱如麻。香味儿怎么会跟他打招呼呢?呼唤他的肯定是声音了。那么,这就是曾经触摸过他、拥抱过他的声音吗?

"她住过这个房间!"

他嚷嚷道,随即便转身搜寻了起来。他一定要找出明确的物证来。因为他相信,他能辨认出属于她甚至仅仅是她触摸过的东西——哪怕是极其细微的东西。他要弄明白,这沁人肺腑的木樨草香味儿,这种她所钟爱的、唯她所独有的芬芳,究竟是从哪儿散发出来的。

房间仅被草草收拾过。梳妆台那廉价的薄桌布上散落着半打发卡——它们无疑是女性的朋友,但不会说话,尽管也属于阴性,可语气模糊不清,时态难以分辨。考虑到它们缺乏鲜明的个性,说明不了什么问题,他就没去理会它们。他把梳妆台抽屉搜了个底朝天,找出了一条被抛弃的破破烂烂的小手绢。他把它蒙在脸上,一股天芥菜花的怪味儿刺鼻而来。于是他立刻将其扔到了地板上。在另一个抽屉,他发现了几颗纽扣、一份剧目表、一张当铺老板的名片、两颗吃剩的棉花软糖、一本解梦书。最后一个抽屉里，有一个女人用的黑缎蝴蝶发结。这让他像是掉进了冰与火之间一般，着实在兴奋与失望间徘徊了好一阵子。但说到底，黑缎蝴蝶发结也只是女性常用的平常饰物，并不能诉说什么故事。

紧接着，他就像猎狗在追着嗅猎物的气味儿一样，在整个房间里展开了搜寻。他扫视了一遍墙壁，跪在地上仔细检查每个角落的隆起处，察看了壁炉架和桌子，翻遍了窗帘和门帘，连角落里那个摇摇晃晃的小柜子也不放过。他试图发现一个能证明她在这个房间里住过的明显标志，以此来证明她其实就在他的身旁、周边、对面、心中、上面，并通过微妙超常的意念如此深切地依附着他，追随着他，呼喊着他，以至于连像他这么迟钝的人也能察觉到。他再次大声回答道："是的。是我，亲爱的！"可当他转过身来后，却依旧是目瞪口呆，一片茫然。因为他依旧无法从木樨草香味儿中辨识出任何的形状、色彩、柔情以及张开的双臂。噢，上帝啊！那芬芳究竟从什么地方而来？这芬芳又是从什么时候开始呼唤他的声音的呢？他继续寻找着。

他又把墙缝和墙角掏了一遍，找到了一些软木瓶塞和香烟头。他对这些东西不屑一顾。可当他在席子的褶皱里摸出了半截纸雪茄时，就怒不可遏地骂了一声，并用脚后跟将其碾得粉碎。他从头到尾把整间房仔仔细细地搜查了一遍，发现了许许多多过往房客所留下的无聊、惨淡的痕迹。但是，他所要寻找的，令他魂牵梦萦的,曾经可能在这儿居住过且如今其魂灵似乎仍在此游荡的她的蛛丝马迹,却一点都没有发现。

这时,他想起了女房东。

他冲出令他困扰不堪的房间,跑下楼去,来到一扇透出一线光亮的门前,敲响了房门。女房东应声而出。小伙子抑制住内心的激动,尽量使自己平静下来。

"请告诉我,夫人,"他恳求道,"在我之前,是什么人住过那个房间?"

"好吧,先生。我就再说一遍吧。之前住的是斯普罗尔斯和穆尼夫妇,我已经说过一遍了。布丽塔·斯普罗尔斯小姐,是个演戏的,后来成了穆尼夫人。我的房子向来以体面著称。他们的结婚证,镶了框的,就钉在上——"

"斯普罗尔斯小姐是个什么样的——我是说,她的长相如何?"

"噢,先生,她有一头黑头发,又矮又胖,一张滑稽可笑的脸蛋儿。他们是上星期二搬走的,都一个星期了。"

"在他们之前又是谁呢?"

"噢,是个单身汉,跑运输的。他欠了我一星期的房租没付,拍拍屁股就走了。在他以前是克劳德夫人和她的两个孩子,住了四个月;再往前就是多伊尔老先生了,房租是他的儿子们付的。他住了六个月。这就上推了一年了,再往前我就记不清了。"

小伙子谢过了女房东,有气无力地上了楼,回到了自己的房间。房间里死气沉沉的。那些曾使它生机勃勃的因素已没了踪影。木樨草的香味儿已飘散殆尽,屋里原有的家具所发出的霉味儿,以及陈腐、凝滞的空气重又占据了整个空间。

希望一旦破灭,他便顿觉信心尽失。他呆呆地坐着,出神凝望着咝咝作响的发着黄光的煤气灯。不一会儿,他起身走到床边,把床单撕成一长条一长条的,然后用小刀将布条塞进房门、窗户四周的每一条缝隙。等一切都整治妥帖、严实之后,他就关掉了煤气灯,然后又重新开足了煤气,最后,他如释重负地躺在了床上。

按照惯例,今晚轮到麦克库尔夫人提着罐子去打啤酒了。等她打来了啤酒,便在一个地下室里和珀蒂夫人坐在了一起。这是房东太太们聚会的地方,也是蛆虫不死的地方。

"今晚我把三楼那间后房租出去了,"珀蒂夫人隔着啤酒杯杯口细细的泡沫对麦克库尔夫人说道,"是一个小伙子租下的。两个钟头前他就上床睡觉了。"

"嚄,可真有你的,珀蒂夫人,"麦克库尔夫人羡慕不已地说道,"连那种房子你都租得出去,简直是个奇迹啊。那你跟他说了那事儿没有?"末了,她把嗓音压得低低的,透着无限的神秘问道。

"房间嘛,"珀蒂夫人用她长了毛的嗓子说道,"配了家具,就是为了租出去的。我才不跟他说那事儿呢,麦克库尔夫人。"

"可不是嘛，我们就是靠出租房子过活的。你的生意经真是高明啊，夫人。要是告诉了他们这房间里有人自杀过，死在了床上，谁还来租呢？"

"那是自然。你说得没错，我们总得过活呀，是不是？"珀蒂夫人说道。

"就是啊，夫人。我帮你把三楼后间收拾妥当，不正好是一星期之前的事吗？那漂亮妞儿竟然用煤气把自己弄死了——她那小脸蛋儿多甜啊，珀蒂夫人。"

"可不是嘛，她长得不赖。"珀蒂夫人说道。她在表示赞同的同时也提出了批评，"就是左眼眉毛旁的那颗痣长得太难看了。再来一杯吧，麦克库尔夫人。"

纪念品

我的心灵和灵魂已经厌倦了那些男人。

琳奈特·达曼德小姐扭头离开了百老汇。这叫作以眼还眼以牙还牙。因为百老汇也时常这样对她。如此这般的"针锋相对",当然是事出有因的,因为这个前百老汇"恶有恶报"剧团的女主角有权向百老汇索要一切,而百老汇却没有权利向她要什么。

这会儿,琳奈特·达曼德小姐正将其座椅背对着可俯瞰百老汇大街的窗户,坐下了身来,不失时机地缝补着她那双黑丝袜的丝光线脚后跟。窗下,百老汇大街纷繁喧嚣,灯光闪烁。然而,这一切对于她已经毫无吸引力了。因为她所渴望的是在这人间天堂般的大街上拥有一间气氛紧张得令人窒息的化妆室,以及聚集在那个变幻无常之场所中的观众所爆发的狂叫声。"库存"管理也很重要。丝绸制品就是不耐穿,可是——不管怎么说,这不就是可以出卖的唯一商品吗?

如同马拉松小镇[1]俯瞰着大海一样,塔利亚酒店俯瞰着百老汇大街。它耸立着,就像一道阴沉忧郁的悬崖,任由两条大街上

---

[1] 译注:指希腊的马拉松长跑发源地。

的车流人潮在其下方交汇、冲撞，形成漩涡。剧团成员结束了他们的流浪之旅后，便会聚集于此，松开他们的靴子，脱下满是尘土的短袜子。四周的街道上布满了订票处、剧院、商务代办处、学校以及通往龙虾宫[1]的令人生畏的小弄堂。

穿行在塔利亚酒店那昏暗、古怪、散发着霉味儿的大堂里，您会发现自己仿佛置身于一艘巨大的方舟或大篷车之中，即将扬帆远航，或凌空而飞，或车轮滚滚，隆隆向前了。屋子里弥漫着一种既惴惴不安又满怀期待、变幻不定，甚至是焦躁、恐慌的氛围。整个大堂简直就是一个迷宫，倘若无人指引，您就会像一个孤魂野鬼一样彷徨在萨姆·劳埃德[2]所布下的迷局之中。

每一个拐弯之后，都会有一件梳妆衫或一条死胡同拦住您的去路。您会遇上令人震惊的悲剧演员，他们身穿浴袍潜行寻找传说中的浴室。您会听到从几百个房间里传出的演员们嘈杂的说话声、新歌或老歌的片段、欢聚一堂的笑声。

夏天到了，他们的剧团解散了。于是他们在最喜欢的大客栈里休息、放松，同时也缠住经纪人，落实下一个演出季节的活儿。

---

[1] 译注：美国纽约著名餐馆名。
[2] 译注：1841—1911，美国著名的智力游戏设计大师、趣味数学的创始人和奠基者，被誉为"美国最伟大的解谜大师和最卓越的天才"，著有《趣题大全》等数学著作。

到了下午的这个时候，挨个儿去经纪人办公室串门的事儿就已经结束了。当你漫不经心地走过这长满青苔的大堂时，你会与美丽女孩擦身而过，她们的脸上蒙着面纱，眼波流转，衣袂飘飘，丝绸窸窣，给沉闷的走廊带来一点欢乐的气氛，也给您留下一段芬芳的回忆。年轻的喜剧演员们表情严肃地聚在门廊里，绘声绘色地谈论着名角布思。远处飘来了火腿和卷心菜的香味儿，以及餐厅里叮当作响的餐具碰撞声。

啤酒瓶的开启声则给塔利亚酒店增添了健康的生活气息。因此，如果用标点符号来形容这家客栈里的生活就十分简明扼要了：最受欢迎的是逗号；分号令人皱眉；句号则是被禁用的。

达曼德小姐所居住的房间很小，不过，在她的梳妆台与盥洗柜之间还是能放上一张摇椅的——如果纵向放置的话。梳妆台上放着一些日常用品，还有这位前女主角收集的马路婚约纪念品，以及最亲密、最出色的同行朋友的照片。就在她补袜子的时候，她还朝其中一张瞟了两三眼，并十分友善地笑一笑。

"我真想知道李[1]这会儿在哪儿啊。"她自言自语道。

倘若您有幸看到这张备受达曼德青睐的照片，您的第一印象或许会让您以为看到了一朵花瓣繁多的白花，正被暴风雨卷上天空呢。然而，花卉王国显然无需对如此"飘零"负责。因为，您

---

[1] 译注：下文中罗莎莉·蕾的姓的昵称。

看到的其实是罗莎莉·蕾小姐那条又短又薄的小裙子。她正在远离舞台和观众头顶的上方,在紫藤缠绕的秋千上展示一个完美的头下脚上的倒立姿势。其实,您所看到的由照相机所做出的这一展示,是不充分、不完整的。事实上,在每天晚上的这一激动人心的时刻,罗莎莉小姐还运用优雅、有力的踢腿动作,让黄色的丝质吊袜带脱离她那灵活的肢体,飘飘荡荡地落向下面那些欣喜若狂的观众的头顶。如果您身处表演现场,您还能看到有上百只手从身穿黑装的男性观众中高高举起,热切希望拦截到这一从天而降的闪光飞行物。

这一高超绝妙的技巧使罗莎莉·蕾小姐得以参加两年一次的为期四十周的最好的巡回演出。当然,在属于她的这十二分钟里,她还会表演一些别的玩意儿——唱一首歌,跳一段舞;模仿两三个其他演员的表演——而他们只会模仿自己;运用鸡毛掸子和梯子表演平衡技巧。而当缀满鲜花的秋千从舞台上方降落后,罗莎莉小姐将微笑盈盈地跳上座位——在她飞快滑下的那个地方,有个非常抢眼的金手镯,很快变成一种令人垂涎的昂贵奖赏。紧接着,观众们就会像一个人似的齐刷刷地从座位上站起身来——或大致如此吧。而如此反应则为她演出的精彩做了最好的"证明",从而使蕾小姐的大名在各个订票处人气爆棚。

然而,就在为期两年的巡演结束后,蕾小姐突然向她的密友达曼德小姐宣布,她将去长岛北岸某个古老村庄避暑,不会再出现在舞台上了。

就在琳奈特·达曼德小姐自言自语地表达了想了解好友的近况十七分钟之后,她听到有人在急促地捶打着她的房门。

不用说,准是罗莎莉·蕾。

随着达曼德小姐高喊"进来!"的尖叫声,有个姑娘闯了进来。她疲惫不堪地趔趄了一下,将一个沉重手提袋子扔在了地板上。没错,她就是罗莎莉。她身穿一件松松垮垮、风尘仆仆的外套,系得很紧的面纱下摆老长,灰色的旅行套装,足蹬一双带绑腿的棕色皮鞋。当她摘下了面纱和帽子,您看到的是一张俊俏的脸蛋,不过这会儿正因某种非同寻常的情绪而憋得通红,而不安与不满也令她那双大眼睛黯淡无光了。再看她那一头浓密的褐发,显然是匆匆梳就的,以至于有那么一绺逃脱了发梳和发卡的约束,蜷曲晃荡着垂了下来。

她们俩的相见与她们那些非同行姐妹不同,没有又搂又抱,又亲又吻,叽叽喳喳地说个不停。一个简短的拥抱,用嘴唇轻轻地触碰一下对方的脸颊,就足以让她们重温往日之情义了,简直就跟士兵或海外旅行者偶遇时的相互致意一样。

"我在这儿订了个走廊间,比你这间高两层。"罗莎莉小姐说道,"可我还没上去呢。我直接来了你这儿。我原本不知道你住在这儿,是他们告诉我的。"

"从四月底起,我就住这儿了。"琳奈特小姐说道,"我就要跟'致命遗产'剧团搭班了。下周就在伊丽莎白剧院开演。我还以为你告别舞台了呢。快给我说说你的情况吧。"

罗莎莉小姐灵巧地扭动了一下身子，在达曼德小姐的挂衣箱顶上安顿下来，并将头靠在了贴了墙纸的墙壁上。基于长期养成的习惯，这样子就能让巡演女主角和她的姐妹坐得舒舒服服了，就跟坐在一把能将身子深陷其中的扶手椅上一样。

"我会告诉你的，琳恩[1]。"罗莎莉小姐说道。她那年轻的脸蛋上带着一种莫名其妙的嘲讽，以及漫不经心、听天由命的神情。"明天，我又得去百老汇走老路了。还得去经纪人办公室，把他们椅子上的油漆磨掉一点。可在今天下午四点钟之前的三个月里，如果有任何人在任何时候跟我说'请留下您的名字和地址'，想要跟我预约些什么，我会像菲斯克太太一样对他们哈哈大笑。借我一条手绢吧，琳恩。唉，长岛的火车可真要命！我脸上的煤灰已经足够多，不用软木塞就能玩托普西[2]了。噢，对了，说到软木塞，你这里有什么可喝的吗，琳恩？"

达曼德小姐打开盥洗柜的门，从中取出了一个酒瓶。

"还有将近一品脱的曼哈顿鸡尾酒。酒杯里插着一束康乃馨呢，不过……"

---

[1] 译注：琳奈特·达曼德的昵称。
[2] 译注：未详。应该是一种游戏。

"噢,给我瓶子就行了,把酒杯留给别人用吧。谢谢!噢,太爽了!你也来点吧。这是我三个月来第一次喝酒!

"你说得没错,琳恩。在上一季结束后,我就告别舞台了。那是因为我厌倦了那样的生活。尤其是因为我的心灵和灵魂已经厌倦了那些男人——我们这些吃舞台饭的人必须面对的男人。你懂的,对于我们来说,那是一种怎样的游戏。就是跟那些男人做斗争,从要我们试坐他们新车的经理,到想叫我们的小名跟我们套近乎的贴海报的家伙。

"还有,那些演出结束后我们不得不见的最糟糕的男人。那些守在后台门口的人,那些经理的朋友们,他们带我们去吃夜宵,向我们炫耀钻石,这个那个地吹嘘他们认识某某大人物。他们全是畜生,我恨他们。

"我跟你说,琳恩,像我们这样在舞台上讨饭吃的女孩子,才是最值得同情的。我们来自良好家庭,总想靠自己的努力出人头地,可从未获得过成功。许多同情之声总是围绕着那些每周挣十五美元的合唱队女生。狗屁!合唱队的那点伤心事儿,吃顿龙虾就全忘光了。

"如果一定要掉泪,就该为一部烂戏中的女主角流泪,尽管她每周挣三十到三十五美元。她明知道不可能混得更好了,却咬着牙坚持了好多年,等待着那个永远也不会到来的'机会'!

"看看我们都演了些怎样的烂戏吧!在音乐喜剧《轮椅合唱

团》中，被另一个姑娘推着满台乱转，可这还算好的呢，比起我在《三十个中锋》里的表演，简直称得上庄严肃穆了。

"可我最痛恨的还是那些男人，他们隔着餐桌对你挤眉弄眼，胡侃瞎聊，并根据内心对你的评分试着用'维尔茨堡'[1]或'特干'[2]来搞定你。

"还有那些观众里的男人，也同样地叫人讨厌。他们拍手、叫喊、咆哮，推推搡搡，打打闹闹，简直就是一群野兽。他们用眼睛直勾勾地盯着你，似乎一旦他们的爪子够得着你，就要将你一口吞下肚去似的。噢，我痛恨他们！

"噢，对了，我还没给你讲我自个儿的情况呢，是不是，琳恩？

"我攒了两百美元，夏天一到我就跟舞台说拜拜了。我去了长岛，找到了一个从未见过的温馨小村庄，名叫桑德港，就在海边。于是我打算在那儿消夏，并学习朗诵技巧，争取在秋季考个证。一个老寡妇在海滩附近有所小别墅，有时候她也出租一两个房间，为的是有人做伴。这次她租给了我。不过她还有另外一个房客，是个牧师，名叫亚瑟·莱尔。

"噢，琳恩，你猜对了。他就是我的'头版头条'。一会儿我

---

[1] 译注：一种原产于德国巴伐利亚维尔茨堡的高档葡萄酒。
[2] 译注：一种略带糖分的香槟酒。

就能将一切都向你和盘托出的。因为这只不过是个独幕剧而已。

"他第一次走近我，琳恩，我就觉得自己有点魂不守舍了。他开口说的第一句话，就抓住了我的心。他跟那些来看表演的男人不一样，他又高又瘦。他进屋时无声无息，但你能感觉得到。他的脸就跟画中的骑士似的——就像是圆桌骑士中的某一个——他的嗓音是如此美妙，说起话来简直跟大提琴独奏一个样。还有，他的举止神态是那么温文尔雅！

"琳恩，如果你将约翰·德鲁最好的那场客厅戏来跟他相比，你会觉得约翰在胡作非为而叫人将他逮起来的。

"我就不一一跟你细说了，总而言之，没出一个月，亚瑟就与我订婚了。他晚上在为卫理公会的小型集会上布道。我们结婚的时候，会有一所餐车大小的牧师住宅，还有一些母鸡和金银花。亚瑟曾滔滔不绝地向我描述过美好的天堂，可我却总惦念着那些金银花和母鸡。

"不，我没告诉他自己是个演员。我讨厌这个职业以及与之相关的一切。我要将这段经历永久抹去。我不想让它来给好事儿添乱。我是个好女孩，除了想做个朗诵者之外，没什么可忏悔的。而这就是我的良心所能承受的全部压力了。

"噢，我跟你说吧，琳恩，我那会儿真是太幸福了。我在唱诗班里唱歌，还加入了缝纫协会。我还伴随着口哨声背诵了《安妮·萝莉》[1]，村里的周报说我'用一种近乎于专业的水准……'亚瑟带我去划船，在林中漫步，在海滩上挖蛤蜊……那个破旧闭塞的小村子对于我来说，简直成了世界上最好的地方。我真想在那儿开开心心地一直住下去，要不是——

"后来，有一天早晨，我在后阳台帮居莱太太——就是那个老寡妇——拾掇豆子，她就跟所有的房东太太常做的那样，跟我聊起了八卦。她说莱尔先生在她的心中，简直就是个圣人——正与他在我心中的印象相一致。她在我跟前重温了一遍亚瑟所有的美德和优雅，最后告诉我说他不久前曾有过一段十分浪漫的恋爱，可最后却是以不快告终的。她好像不太清楚其中的细节，但她知道亚瑟受到了很大的打击。他的脸色越来越苍白，人也越来越瘦了，她说，他在书房的抽屉里锁着一个花梨木的小匣子，里面放着那位姑娘留给他的纪念品。

"'好多次，'她说，'我看到他一到晚上就对着那匣子发呆，可只要有人走进房间，他就立刻将匣子锁上了。'

"好了，你能够想象得出，没过多久，我就搂着亚瑟的胳膊下楼并在他耳边说悄悄话了。

"那天下午，我们在海湾里悠闲地划着小船，荡漾在一片睡

---

[1] 译注：苏格兰诗人威廉·道格拉斯（1672—1748）根据自己的失恋经历所写的一首诗。后人为其谱曲后成了一首家喻户晓的民歌。

莲之中。

"'亚瑟,'我说,'你从未跟我提起你还有过另一段爱情,可居莱太太却告诉我了。'我要让他明白,我已经知道这事儿了。我讨厌男人说谎。

"'在你来这儿之前,'他十分坦诚地看着我说,'我确实有过一段感情经历——非常强烈的感情经历。既然你已经知道了,我就毫不隐瞒地告诉你一切吧。'

"'我听着呢。'我说道。

"'我亲爱的艾达,'亚瑟说道——噢,对了,我在桑德港用的当然是我的真名,——'事实上,之前的那段感情,只是一种精神恋爱。虽然那位女士激发了我深深的爱恋,我也觉得她就是我理想中的女性,可我从未跟她见过面,也没有跟她说过话。那是一种精神恋爱。而我对你的爱,尽管也完全符合我的理想,却是与之不同的。你不会让这事儿来影响我们之间的关系的吧。'

"'她漂亮吗?'我问道。

"'她非常美丽。'亚瑟·莱尔答道。

"'你时常能看到她吗?'我问道。

"'大概总共有十几次吧。'他说道。

"'总是远远地望着她?'我问道。

"'是的,总是隔着一大段距离望着她。'他说道。

"'你爱她吗?'我问道。

"'在我眼里,她似乎就是美丽、优雅——还有,灵魂的化身。'亚瑟说道。

"'那个你总是上了锁,时不时地看着它发愣的纪念品,是她的?'

"'那是个我珍藏的纪念品。'

"'是她送给你的吗?'

"'确实是从她那儿得到的。'他说道。

"'以一种转弯抹角的方式?'我问道。

"'嗯,确实有点转弯抹角,'他说道,'但也可以说是直截了当的。'

"'你为什么不去见她呢?'我问道,'是你们在生活中所处的位置太悬殊吗?'

"'她所处的位置比我高多了,'亚瑟说道,'我说,艾达,这都是过去的事情了。你不会因此而嫉妒的吧?'

"'嫉妒?'我说道,'你在说些什么呀。我怎么会嫉妒呢?这只会让我想你的次数比以前增加十倍。'

"噢,琳恩,我当时确实是这样想的——但愿你能够理解。因为这种精神恋爱对我来说是无比新奇的,并且让我觉得那是多么美妙,多么崇高。你想想看,一个男人竟然爱上了一个他从未见过面、说过话的女人,并在内心里献上了无限的忠诚!噢,我觉得这真是太了不起了。因为我以前认识的那些男人总是拿着钻石、迷魂药或借口给你加薪来接近你,至于他们的精神世界,噢,还是别提了。

"没错,我想念亚瑟的次数确实比之前更多了。我怎么会对他以前崇拜过的十分遥远的女神产生嫉妒之心呢?因为我自己不是马上就能拥有他了吗?不仅如此,我真的开始将他当作圣人了,就像居莱太太一样。

"今天下午四点钟左右,有人来家里找亚瑟,说是他负责的教区里有一位教友病了。于是他们就一同出去了。当时,年老的居莱太太正躺在沙发上打呼噜,屋子里只剩下一个人了。

"经过亚瑟的书房时,我朝里面瞟了一眼,发现一串钥匙正挂在书桌的抽屉上——他忘了拔下来了。噢,琳恩,我想我们都跟蓝胡子太太[1]差不多,不是吗?于是我决定要看看他保管得如此严密的'纪念品'。其实我并不在乎它到底是什么,我只是抑制不住好奇心而已。

"拉开抽屉的时候,我还猜想我将看到一两件小玩意儿。或许是一个干瘪的玫瑰花蕾——是她从阳台抛给他的;或许是一张她的图片——是他从杂志上剪下来的。因为相对于他来说,她可

---

[1] 译注:法国诗人、童话作家夏尔·佩罗(1628—1703)所作童话《蓝胡子》中女主角。她因为抑制不住好奇心,偷偷打开了丈夫的密室,发现里面竟摆放他前几任太太的尸体。

是高高在上的嘛。

"拉开抽屉后我首先看到的是一个花梨木的盒子,大小跟男人们用的衣领盒差不多。我在那串钥匙里找到了一把适用于它的小钥匙,打开了锁,掀开了盖子。

"我只对那里面的纪念品看了一眼,就立刻回自己的房间收拾行李了。我往手提袋里随手扔了几样东西,抓起梳子胡乱梳了几下头发,戴上帽子,冲到那老太婆的跟前,踢了她一脚。由于亚瑟的缘故,我在那儿说起话来总是尽量地温文尔雅,几乎都快养成好习惯了,可又被我一下子抛到了九霄云外。

"'别再锯葫芦[1]了,'我说,'坐起来,听好了!幽灵要出来游荡了。老娘也要离开这个鬼地方了。我知道,我还欠你八块钱。快递小哥会来取我的箱子的。'

"我把钱给了她。

"'噢,天哪!克罗斯比小姐,'她说道,'出什么事儿了?我还以为你在这儿过得很快活呢。噢,天哪!年轻姑娘的心真是搞不懂,你以为是这样,她却偏偏是那样的。'

"'你说对了,该死!'我说道,'有些女人就是这样的。但你却不能这样来说男人。你只要看懂了一个男人,就等于看懂所有的男人了,就解决了人类所有的问题。'

---

[1] 译注:"停止打呼噜"的意思。

"然后,我就赶上四点三十八分的那班火车——那是趟运煤车,然后我就到了这儿了。"

"噢,李,你还没告诉我,那盒子里的纪念品到底是什么呢。"琳奈特小姐急不可耐地说道。

"一条黄色的丝质吊袜带。就是我过去在表演杂耍时,时常脱下来踢给观众的那个。

"琳恩,你还有酒吗?"

忙碌经纪人的罗曼史

是这些一成不变的生意让你忘掉了一切。

皮彻是证券经纪人哈维·麦克斯韦尔事务所的机要秘书。这天上午九点半，他看到老板和他年轻的女速记员一起轻快地走进公司，他那往常毫无表情的脸上不由得浮现出了一丝惊讶与好奇。麦克斯韦尔爽快地说了句"早上好啊，皮彻"，就快速冲向了自己的办公桌，仿佛想要跳起来一跃而过似的。随即，他便一头扎进了那一大堆等待着他去处理的信件和电报之中了。

这位年轻的女士担任麦克斯韦尔的速记员已有一年了。她的美貌绝非是速记员的草草几笔所能记录的。她放弃了美丽动人的蓬巴杜发型，不戴项链、手镯和鸡心挂坠。她没有那种时刻准备着要接受午餐邀请的气派。她那身灰色的服装简洁朴素，却能衬托出她的文雅，并能生动地勾勒出她那美妙身形。她优雅的黑色无边帽上插着一支金绿色的鹦鹉羽毛。今天早晨，她简直就是个温柔和美却又羞羞答答的发光体。她的眼里放射着梦幻般的光芒，她的双颊透着桃红，她的神情里充满了幸福，且略带有一丝回味。

皮彻在略感好奇之余，也注意到了今早她与以往的不同之处。今天，她并没有直接去隔壁那间放着她办公桌的房间，而是犹犹豫豫地在外面的那间办公室里徘徊着。她还蹭到麦克斯韦尔的桌子旁，足以让他感觉到她的存在。

麦克斯韦尔一坐到他的办公桌前，就不再是一个普通人了，而是一个繁忙的纽约经纪人，一台受咔咔作响的齿轮和慢慢张开的发条所驱动的机器。

"哦，你怎么了？有什么事吗？"

麦克斯韦尔直截了当地问道。被他拆开的信件就像舞台上的假雪一样堆在他那张杂乱的办公桌上。他那双灰色的锐眼无情而又唐突，不耐烦地扫了她一眼。

"没事。"速记员回答道。她微微一笑便离开了。

"皮彻先生，"她对秘书说道，"麦克斯韦尔先生昨天说过要招一个速记员吗？"

"是的，他说过。"皮彻回答道，"他让我招一个速记员。昨天下午我就通知过中介公司了，让他们今天上午派几个应聘者过来。你看，现在已经是九点四十五分了，可还没一个戴阔边花式帽或口嚼菠萝味儿口香糖的人出现过呢。"

"好吧。那我还是照常工作好了，"年轻的女士说道，"直到有人接替为止。"

说罢，她就立刻走向她的办公桌，并把她那只插有金绿色鹦鹉羽毛的黑色无边帽挂在了老地方。

一个没有见过忙碌的曼哈顿经纪人在处理一堆生意的盛况的人，是绝不可能成为一个合格的人类学家的。诗人歌颂过"光辉人生中忙碌的一个小时[1]"，可经纪人却不仅仅只忙碌一小时，他的每分每秒都是忙碌的，就像前前后后都挤满了人的公交车中的抓手吊带，每一根都被抓得紧绷绷的。

今天也不例外，正是哈维·麦克斯韦尔极为繁忙的一天。行情收录器抽搐着断断续续地吐出一卷卷纸条，电话机响个不停，跟得了慢性病似的。人们开始涌进办公室，隔着栏杆对他大呼小叫，有的欣喜若狂，有的暴跳如雷，有的尖酸刻薄，有的眉飞色舞。送信的孩童带着信件和电报进进出出。办公室里的办事员们上蹿下跳，宛如正与风暴激烈搏斗着的水手。就连皮彻那张无精打采的脸上也透露出了勃勃的生机。

证券交易所里所上演的那些惊天动地的自然现象：飓风、山崩、暴风雪、冰川以及火山爆发等，也同样以较小的规模在这间经纪人的办公室里重演着。麦克斯韦尔把他的椅子推到墙边，好腾出一些空间来以便他能像一个踢踏舞演员似的打理他的生意。只见他一会儿从行情收录器那儿跳到电话机边，一会儿又从办公桌边蹿到房门口，那身段简直跟一个训练有素的小丑一样灵活。

---

[1] 译注：指英国诗人司各特的诗句："光辉人生中忙碌的一个小时抵得过碌碌无为的一生。"

就在这越来越繁忙、紧张的当儿,这位经纪人突然发现了一簇高高卷起的金发,上面是一顶微微颤动着的鹅绒帽和鸵毛羽饰,一件人造海豹皮的上衣,一串几乎垂到地板的核桃大小的珠饰,尾端还坠着一个银鸡心。这些装饰物其实全都集中在一位镇静自若的年轻女士的身上,而皮彻正在为她做介绍:

"这位小姐来自速记员介绍所,是来了解她的职务的。"皮彻说道。

麦克斯韦尔转了一半的身子过来,他的手上满是文件和股票行情单。

"来了解什么职务?"他皱了下眉头问道。

"速记员,"皮彻说道,"您昨天吩咐过我的,让我打电话通知他们,要他们今天早晨派个人来。"

"皮彻,你疯了吧,"麦克斯韦尔说道,"我怎么会要你这么做?莱斯丽小姐已经在这里工作了一年了,而且干得十分出色。只要她愿意,这份工作就一直是她的。小姐,这里没有空缺的岗位。皮彻,你通知事务所,取消我们的申请,还有,别再带人来了。"

"银鸡心"离开了办公室,一路上她怒不可遏,大摇大摆,把桌椅沙发等撞得乒乓作响。皮彻则见缝插针地对速记员说,"老头子"越来越心不在焉,越来越健忘了。

业务越来越忙,节奏越来越快。麦克斯韦尔的客户所投资的股票有六七只都在暴跌。买进和抛出的单据飞燕般地快进快出。他自己所持有的股票也面临着危机。他现在工作起来就像一台高速运转的精密而又功能强大的机器——将自己绷到最紧、全速冲刺、毫不犹豫、指令明确、决策得当,把握时机犹如钟表一般地准确无误。股票和债券,贷款与抵押,保证金与抵押品——这便是金融世界,人类的情感或自然的本性在这里根本没有落脚之地。

直到午餐时间快要来临的时候,喧嚣的气氛才稍稍平息了些许。

麦克斯韦尔站在桌子旁,双手满是电报和备忘录,右耳上夹着一支钢笔,几绺凌乱的头发耷拉在他的前额。窗户敞开着,可爱的女门卫,也就是春姑娘,已经打开了大自然的暖气装置,给他带来了阵阵暖意。

此时,从窗外飘来一股幽幽然的——或者说是令人怅然若失的气味,十分甜美,十分轻柔。这是丁香花的芬芳。这股香气顿时就让这位经纪人愣了神,呆若木鸡。因为,这股香味源自莱斯丽小姐。没错,就是她。这是她所特有的气息。

这股香味唤醒了他心中的她,多么生机勃勃,多么活色生香,仿佛此刻就站在他的跟前一样。在她的面前,整个金融世界顿时就变得无比渺小,渺小得如同不值一提的尘埃一般。而她就在隔壁房间——仅二十步之遥。

"哎呀,天哪!我现在就得过去!"麦克斯韦尔几乎叫了起来,"我现在就必须去跟她说呀。见鬼!我为什么不早点去跟她说呢?"

他冲进里间的办公室,像做空头[1]时急于补进一样,心急慌忙地扑向速记员的办公桌。

莱斯丽小姐抬起了头,笑盈盈地望着他,两颊泛起一片桃红,眼神温柔而又真诚。

麦克斯韦尔将一个胳膊肘搁在她的办公桌上,双手依旧攥着的文件微微颤抖着,耳朵上还夹着那支钢笔。

"莱斯丽小姐,"他急吼吼地说道,"我只有一点点时间,我要跟你说点事。你能做我的妻子吗?我没时间,不能用普通的方式和你谈情说爱,但我真的很爱你。求求你快点答复我,拜托了!因为那些家伙正在抢购太平洋联合公司的股票呢。"

"噢,你在说些什么呀?"年轻姑娘叫了起来。她站了起来,注视着他,眼睛瞪得溜圆。

"怎么?你还不明白吗?"麦克斯韦尔倔头倔脑地说道,"我要你嫁给我。我爱你,莱斯丽小姐。我早就想对你说了,所以我趁现在手头的事情稍松一些,就过来跟你说了。噢,他们又在打

---

[1] 译注:股票投资的一种交易方式。投资者看跌某股票,于是先进行卖出交易,等其真的下跌后再进行买入交易,平仓之前的头寸,从而获取利润。

电话找我了。皮彻,告诉他们等一会儿。你难道不愿意吗,莱斯丽小姐?"

女速记员接下来的反应十分奇特。她先是似乎从惊讶中缓了过来,然后,她那双充满疑惑的眼中流出了泪水,紧接着,她又以灿烂笑容冲破了这一切。她用一条手臂温柔地挽住了经纪人的脖子。

"我明白了,"她情意绵绵地说道,"是这些一成不变的生意让你忘掉了一切。你刚才把我吓了一跳。哈维,亲爱的,你不记得了吗?昨晚八点钟,我们已经在拐角处的小教堂里结过婚了。"

虚荣心和黑貂皮

"我才不在乎什么黑貂皮和金钱呢!"

当"小家伙"布雷迪被莫莉·麦基弗那蓝幽幽的目光像勾魂索一般地套住后,他就退出了"烟囱帮"。一个爱尔兰姑娘的软语温存和坚定不移的真心就有这么大的魔力!亲爱的读者,如果您是一位男士,那么您将会感动万分,一直回味到明晨两点;如果您是一位女士,您将会获得温馨好梦,并愿您在清晨被您那条博美犬的冰鼻子吻醒——标志着它的活泼和您的幸福。

"烟囱帮"之名,源自该城市一个叫作"烟囱"的街区。而该街区又是以"地狱厨房"而闻名的居住区的狭窄的自然延伸。独立于市镇之外的"烟囱"先是与河边的第十一和第十二大道平行延伸,然后像黑乎乎的胳膊肘似的直直地拐了个弯,搂住了流浪汉聚居的德维特·克林顿公园。一般认为,对于任何厨房而言,烟囱都是个举足轻重的组成部分。有鉴于此,我们就不妨拥有如此认识:尽管"地狱厨房"里的厨师很多,但"烟囱帮"中的各位却都是佩戴蓝丝带[1]的。

---

[1] 译注:1578年,法国国王亨利三世创立"圣灵骑士团"。其成员均佩戴一枚系在蓝色丝带上的十字勋章。"圣灵骑士团"存在了250年,是法国最负盛名的皇家骑士,他们的饮食也是高标准的精品。因此,后来"CordonBleu(蓝带)"就成为卓越厨艺的代名词。创建于1895年的法国蓝带厨艺学院(Le Cordon Bleu Culinary Arts Institute)至今仍是全世界最高水准的烹饪学校。

这是个未经许可而又闻名遐迩的帮会，其亲如兄弟的成员们时常聚集在街角处，纯洁得如同温室里的百合花一样，用指甲锉和折叠小刀消磨着他们的时间。他们表现得极为坦诚，用不到两百个词汇进行着无伤大雅的谈话，即便旁人听到了，也像是从东部那七个街区的俱乐部里听来的闲话一样，空洞无物，全然不得要领。

但是在展示结束后，"烟囱帮"就不再是沉湎于摆派斯、修指甲的街头点缀了。他们本业是让市民的钱财珍宝与其主人分离。干这一行讲究的是出神入化的技巧和把戏，在滴血未流、不动声色间搞定一切。但是，倘若受到他们关心的市民拒绝并以十分优雅的姿态让自己变得一贫如洗，那么其反对意见最终便会在警署的笔录本或医院的病历书上得到申诉。

对于"烟囱帮"，警察们总是疑心重重而又敬而远之。正如夜莺的歌声总在最深的阴影中流淌一样，求援的警笛声也总会刺破"烟囱"那狭窄地带的沉沉黑夜。而每当"烟囱"开始冒烟，那些佩戴蓝丝带的人们就知道"地狱厨房"着火了。

"小家伙"布雷迪答应莫莉·麦基弗要做个好人。在"烟囱帮"里，"小家伙"是个最自负、最有实力、最小心谨慎和最成功的阴谋家。因此，他的离开，让伙计们觉得万分遗憾。不过他们眼睁睁地看着他坠入平庸的正常生活，也没表示什么异议。因为，在这帮"厨师"当中，对女友言听计从并不被看作娘娘腔或有失英雄气概。

他们认为，如果你愿意，为了爱情，你可以将她的眼眶打青，不过当她要你怎么做时，你必须得怎么做。

"关上你眼里的水龙头吧。"一天晚上，当莫莉泪流满面地恳求"小家伙"改邪归正时，他说道，"我会跟'烟囱帮'一刀两断的。既然你愿意和我一起过苦日子，我还有什么可说的呢。我会去找份正经活儿干的。用不了一年，我们就结婚。为了你，我会好好干的。我们去弄到一套公寓和一支长笛、一台缝纫机还有塑料盆景什么的。总之，尽可能地过那种老实巴交的日子。"

"噢，我的'小家伙'。"莫莉叹了口气，她用手帕拂掉了蹭在他肩膀上的脂粉，说道，"听你这么说，我真是太高兴了，比拥有整个纽约还要高兴。我们的小日子一定会很幸福的！"

"小家伙"略带忧伤地低头看了看他身上那一尘不染的衣袖和闪闪发亮的皮鞋。

"最受伤的恐怕是我的行头了，"他说，"我有钱时，最喜欢做的事，就是穿着打扮。你知道我是多么地鄙视便宜货吗，莫莉？我身上这套就花了我六十五美元。我的任何穿戴都是这个档次的，要不，就得去冒牌店买了。可如果我干了正经活儿，就没有那么多的硬币赏给拿剪刀的小伙计了。"

"噢，没关系的，我的'小家伙'。无论你是身穿蓝色工作服还是坐在红色轿车里，我都会一样地爱你的。"

在"小家伙"还没长大到能打翻他老爸之前,他曾被迫学过水暖工的手艺。于是,他现在又重操旧业,干起了这份正经而实用的工作来。不过他只是个打下手的,不是老师傅。只有水暖工老师傅才能戴着冰雹大小的钻石并对参议院克拉克家的大理石柱子不屑一顾,而一个助手是不行的。

正如戏剧中常用的"光阴似箭,一转眼……"一样,八个月的时光就么无声无息却又实实在在地过去了。"小家伙"一直在跟管子、焊料之类的东西打交道,一点儿也没有打退堂鼓的意思。与此同时,"烟囱帮"也一如既往地在大街上上演着海盗行为:打破警察的脑袋;绑架晚归的行人;发明新的和平抢劫法;模仿着第五大道的服装款式和领带花色,随心所欲,无法无天。但"小家伙"对莫莉依旧忠贞不渝,尽管他的手指甲已经不那么光亮了,为了不露出磨损部位,还必须花十五分钟来系好他那条高贵的紫色丝领带。

一天晚上,他带着一捆神秘莫测的东西来到了莫莉家。

"打开吧,莫莉!"他平静而又大气地说道,"这是给你的。"

莫莉舞动手指急不可耐地撕开了包装。她发出了一声尖叫。紧接着,一群小麦基弗和麦基弗大妈——她正在洗盘子,但无疑也是夏娃太太的亲戚——都冲了进来。

随着莫莉的又一声尖叫,一条又黑又长,像蟒蛇一样的东西飞舞起来缠住了她的脖子。

"是俄罗斯黑貂，""小家伙"欣赏着莫莉的圆脸蛋紧贴在毛皮上的模样，自豪地说道，"是真货！在俄罗斯恐怕也找不出更好的东西给你了，莫莉。"

莫莉将双手插进皮筒里，拱开一群小孩子，冲到了镜子跟前。哇，简直就是一幅美艳绝伦的广告画：明眸粉腮，笑靥醉人。配方：俄罗斯黑貂皮草一套。果断申购吧！

当他们俩独处一室时，莫莉意识到有一小块常识之冰做成的蛋糕，正漂浮在她那幸福的潮水之上，并正在顺流而下。

"噢，我的'小家伙'，我的小鸟，你真是太好了！"她满怀感激地说道，"长这么大，我还从没用过皮货呢。可是，俄罗斯黑貂皮，不是很贵的吗？我好像听人说过的。"

"我什么时候给你买过便宜货吗，莫莉？""小家伙"平静而又不失尊严地反问道，"你见过我靠在打折柜台上，或者朝那种专卖五块、十块东西的橱窗瞧过一眼吗？这条围脖二百五十美元，手筒一百七十五美元，你放心，对于俄罗斯黑貂皮的价格，你是没弄错。这正是我要的。嗨，你戴着它们，真是太好看了，莫莉。"

莫莉欣喜若狂地将黑貂皮紧紧地搂在怀里。可随后，她的笑容就逐渐消失了，并用悲哀的眼神直勾勾地盯着"小家伙"。

"小家伙"看得懂她每一种表情的含意。他笑了，脸上微微有些发红。

"你别想歪了！"他语气粗鲁，却又满怀深情地说道，"我告诉你，我可受够那个了。我是用自己的钱买了送给你的。"

"用你干活儿赚到的钱吗，'小家伙'？用你那每月七十五美元吗？"

"没错。我存钱来着。"

"噢，我们算一下——八个月就省下了四百二十五美元吗？"

"喂，你放松点，好不好？""小家伙"有些激动地说道，"我去上班时，手里就有点钱的。你以为我又被他们拖下水了吗？告诉你，我早就跟他们一刀两断了。这些都是光明正大地买来的。来，戴上它们，出去散步吧。"

莫莉心头的疑云消散了。黑貂皮能温暖肌肤，还能抚慰人心。她傍着"小家伙"，像女王一样骄傲地走在大街上。在这片低洼的街区上，人们可从未见识过什么俄罗斯黑貂皮呢。于是消息不胫而走，从所有邻街的门窗里都伸出了脑袋，大家争相一睹"小家伙"给女朋友买的好皮货。整条街都充满着"啊！""噢！"之类的惊叹声，而口口相传之间，俄罗斯黑貂皮的价格也在一路飞涨着。勾着莫莉右胳膊肘的"小家伙"，显得神定气闲，完全是一副王子的派头。可见正经工作丝毫也没有削弱他对虚荣、摆阔以及偏好奢侈品的热情。在一个街角处，他们看到"烟囱帮"的伙伴们正三五成群地聚在一起，无所事事。他们朝"小家伙"的女朋友脱帽致意，然后继续着他们那波澜不惊、有一搭没一搭的闲聊。

在这对令人羡慕的情侣后面三个街区的地方，警务中心的侦探兰塞姆正在街上溜达。兰塞姆是唯一的一位能在"烟囱"地区安全走动的侦探。因为他处事公平，无所畏惧，并且把这儿的居民也当作人看待。许多人都喜欢他，时不时地还会向他透露一些他正打探着的消息。

"街上很热闹嘛，出什么事了吗？"

兰塞姆问一个身穿红色运动衫，脸色却十分苍白的青年。

"塔（他）们都出来扛（看）'小家伙'送给他女朋友的水牛皮长袍。[1]"年轻人答道，"有人说那玩意儿花了他九百美元呢。太高鸡（级）了。"

"我听说布雷迪又干回他那老本行，已经快一年了。"侦探说道，"不再跟那帮人厮混了，对吗？"

"没错，他打工去了。""红运动衫"说道，"不过，……呃，随便问问，你在盯毛皮案子吗？嗯，一个水暖工的女朋友，是与这么贵的毛皮不大呸（配）啊。"

在靠近河边的空无一人的大街上，兰塞姆赶上了这对情侣。他从后面碰了一下"小家伙"的手臂。

---

[1] 译注：原文在此处要表现该年轻人口齿不清，以及以讹传讹、信息失真的状况。

虚荣心和黑貂皮 / 175

"打扰一下，布雷迪。"

他平静地说道。他的眼光有模有样地甩在莫莉左肩后的毛皮长围脖上停留了一秒钟。"小家伙"的脸上露出久违了的那种痛恨警察的神情。他随着侦探一起走到路边一两码的地方。

"昨天，你去西区第七大街赫斯克特太太的家修理过一根漏水的水管吗？"兰塞姆问道。

"去了。"基德答道，"怎么了？"

"就在你去干活儿的同一时段，那位太太的价值一千美元的俄罗斯黑貂皮不翼而飞了。根据她的描述，那毛皮与这位女士身上的一般无二。"

"我跟你一起去哈——哈林区。""小家伙"怒不可遏地叫喊起来，"兰塞姆，你明明知道我已经不干那种事儿了。这黑貂皮是我昨天买的，在——"

说到这儿，"小家伙"突然又收住了嘴。

"我知道你近来一直在正经干活儿。"兰塞姆说道，"我会给你每一个机会的。我会跟你去那个你买黑貂皮的店铺去落实。这位女士可以戴着它们与我们一起去。对了，除了我们，就没别人了。这是公平的，是不是，布雷迪？"

"走吧。""小家伙"气冲冲地表示同意。可他突然又站定了身躯，脸带怪异的笑容望着莫莉那张既痛苦又焦虑的脸。

"不用去了。"他冷冷地说道，"这就是赫斯克特的黑貂皮。

莫莉，你得把它们摘下来了。再说，要是它们值一百万，你戴着也不太合适吧。"

莫莉满脸痛苦，吊住了"小家伙"胳膊。

"噢，'小家伙'，你太让我伤心。"她说道，"我是那么地为你骄傲——可现在，他们会把你——我们的幸福又去了哪里了呢？"

"回家去！""小家伙"恶狠狠地说道，"走吧，兰塞姆——拿着皮货。我们离开这儿。等一下——我有个好主意——不，我会——要是我能这么做的话——回去吧，莫莉——走吧，兰塞姆。"

正沿着河堤巡逻的警察科恩从锯木厂那儿拐了过来。侦探打手势请求支援，科恩便走上前来。兰塞姆跟他说明了情况。

"没错。"科恩说道，"我听说黑貂皮被盗了。你说你弄到它们了？"

警察科恩操起莫莉刚解下的毛皮围脖，提起一头来，仔细检查了一下。

"我说，"他说道，"我以前在第六大道卖过皮货。没错，这是黑貂。来自阿拉斯加，这条围脖值十二美元，这只皮手筒——"

"放屁！""小家伙"在警察的嘴巴上重重地扇了一巴掌。科恩踉跄了几步才站住了脚跟。莫莉尖叫了起来。侦探扑向"小家伙"，在科恩的配合下，将手铐扣在了他的手腕上。

"这条围脖值十二美元，这只皮手筒值九美元。"警察坚持把话说完，"谁说这条围脖值一千美元的？"

"小家伙"坐在一堆木料上,脸色气得发紫。

"完全正确,所罗门斯基!"他恶狠狠地叫喊道,"我花了二十一个半美元买了这套皮货。我宁愿坐半年牢也不肯说出来。我可是对便宜货不屑一顾的!我是个十足的骗子,莫莉——我那点工资怎么买得起俄罗斯黑貂皮呢?"

莫莉扑上去搂住了他的脖子。

"我才不在乎什么黑貂皮和金钱呢!"她大叫道,"我只要我的'小家伙'。噢,我亲爱的、摆阔的、疯疯癫癫的小傻瓜!"

"你可以给他打开手铐了。"科恩对侦探说道,"我走出局子前,就听说那位太太找到了她的黑貂皮了——在她的衣橱里挂着呢。小伙子,你揍了我一个嘴巴,我不怪你——下次可不行哦。"

兰塞姆把毛皮围脖和手筒还给了莫莉。莫莉望着"小家伙",眼里满是笑意。她将毛皮围脖绕在脖子上,并像公爵夫人一样优雅地将尾端甩到了左肩后面。

"好一对小傻瓜。"

警察科恩对侦探兰塞姆说道:"咱们也走吧。"

一千美元

你倒是说说看,一个人能用这一千美元来干什么呢?

"一千美元，"托尔曼律师一本正经、郑重其事地重复道，"是您的了。"

当手指尖触碰到这叠薄薄的五十美元一张的新钞票时，年轻的吉利恩不禁扮了个鬼脸，笑了起来。

"这数目可真叫人哭笑不得啊。"他和颜悦色地向律师解释道，"要是多到一万美元呢，就能尽情挥霍，让人脸上增光了。要是少到五十美元呢，至少也没什么可麻烦的了。"

"刚才，我已向您宣读了您叔父的遗嘱，想必您也已经听清楚了。"托尔曼律师用他那富有职业特性的、干巴巴的语调继续说道，"我不知道您是否充分注意到了其中的细节。我必须提醒您注意其中的一点：当您处置完这笔款项后，您必须向我们提供这一千美元的消费账单。这是遗嘱所明确规定的。我相信您会遵从已故的吉利恩先生的意愿的。"

"你尽可以放心，"年轻人彬彬有礼地说道，"我会提供的。尽管这将给我带来额外的开销。因为我不善于记账，所以我可能会为此而雇用一名秘书。"

随后，吉利恩去了他的俱乐部，找到了一个他称之为老布赖森的人。此人四十来岁，沉着冷静，一副与世无争的样子。这会儿他正坐在角落里读书，看到吉利恩朝他走来，就叹了口气，放下书，摘下了眼镜。

"老布赖森，醒醒吧。"吉利恩说道，"我要给你讲一件趣事儿。"

"你还是去讲给弹子房里的人听吧。"老布赖森说道，"你知道的，我不爱听你那些破事儿。"

"这事儿可不同寻常啊！"吉利恩说着，卷了一支烟，"我就爱跟你说。这事儿又悲伤又滑稽，可不能让噼里啪啦的撞球声给搅和了。我刚从我那位已故叔父的合法的海盗公司[1]那儿来。他留给了我一千美元，不多不少，整一千。你倒是说说看，一个人能用这一千美元来干什么呢？"

"我想，"老布赖森说道，他对此事所显示的兴趣，就跟一只蜜蜂对醋瓶子所显示的兴趣差不多，"已故的赛普迪莫斯·吉利恩先生应该有五十万美元的资产吧。"

"他有啊。"吉利恩愉快地表示了赞同，"而这事儿的有趣之

---

[1] 译注：吉利恩将他叔叔的公司比作大航海时代由英王授权的，专门抢劫西班牙商船的海盗集团。因此，下文中他还将他叔叔的财产说成古西班牙金币。

处,正在于此。他把整船的达布隆[1]都给了一种微生物。具体来说,就是先将其中的一部分给了一个发明新细菌的家伙,然后又用剩下的钱建造了一所医院,用于消灭这种细菌。除此之外,还有一两项微不足道的遗赠。他的男女管家每人都得到了一枚印章戒指和十美元。而他的侄子得到了一千美元。"

"可你从来都不缺钱花。"老布赖森评说道。

"嗯,不缺。"吉利恩说道,"就我的零花钱而言,叔叔他堪比仙女教母[2]。"

"他还有别的继承人吗?"老布赖森问道。

"没有了。"吉利恩看着手里的香烟皱起了眉头,又心神不宁地用脚踢了一下舒适的长沙发的皮套,"还有一位海登小姐,她是我叔叔的被监护人,就住在他家里,是个文静的姑娘——喜欢音乐——呃,是某个不幸成为我叔叔朋友的家伙的女儿。噢,我忘了说了,她也在刚才那个印章戒指与十美元笑话里的。我倒是希望我也在那里面啊。如果那样的话,我就可以用十美元买两瓶劣质酒,再把戒指扔给酒保当小费。这样的话,整个事务也就处理完了。好了,老布赖森,别再摆什么臭架子了,告诉我这一千

---

[1] 译注:一种古西班牙金币。暗讽他叔叔所发的不义之财。
[2] 译注:《灰姑娘》等西方童话中,解救公主于急难的角色。吉利恩在此暗示他叔叔生前只给他有限的一些钱。

美元能用来干什么吧。"

老布赖森擦了擦眼镜,笑了。吉利恩知道,他一笑,说起话来就比平时更尖刻了。

"一千美元,"他说道,"要说多,也很多;要说少,也很少。有人可以用它营造一个幸福的家庭,从而鄙视洛克菲勒。有人可以用它把爱妻送到南方去疗养,从而挽救其生命。一千美元也可以给一百个婴儿买些纯牛奶,让他们从六月喝到八月,从而让他们中的五十个存活下来。你可以用它去玩玩法罗牌,在某个戒备森严的艺术馆[1]里消遣半小时。它还能资助某个志向远大的男孩接受良好的教育。我听说在拍卖场里,柯罗的真迹昨天就拍出了这个价格。你也可以用这笔钱搬到新罕布什尔州的小镇上,并在那儿十分体面地过上两年。你还可以用它去租下麦迪逊花园广场一个晚上,向听众们畅谈一下假定继承人的不确定性——如果你有听众的话。"

"我说,老布赖森,"吉利恩依旧不动声色,"如果你不这么热衷于说教的话,我想人们还是会喜欢你的。我只不过是问你,我能用这一千美元干什么。"

"你吗?"老布赖森温柔地笑道,"噢,博比·吉利恩,对于你来说,只有一件事是顺理成章的。那就是,你可以用这笔钱去

---

[1] 译注:赌场的一种讽刺说法。

给洛塔·劳丽艾买个钻石吊坠,然后自己跑到爱达荷州,把你那点德行散在某个牧场上。我建议你去牧羊场。因为我特别讨厌羊。"

"多谢了!"吉利恩说着便站起身来,"我想我会遵从你的建议的,老布赖森。你一语中的,说得十分对路。我正想一次性将这钱花掉呢。因为我要上缴消费账单,可我又讨厌记账。"

吉利恩打电话叫来了一辆出租马车,并对车夫说:

"科隆比纳剧院后台入口处。"

洛塔·劳丽艾小姐此刻正在往脸上拍粉补妆,日场的剧院里座无虚席,而她也基本上做好了上场的准备了。就在这时,她的化妆师跟她提到了吉利恩。

"让他进来吧。"洛塔·劳丽艾说道。

"噢,博比,你这是怎么了?还有两分钟我就要登台了。"

"让兔子腿蹭一下你的右耳吧,[1] 就一下。"吉利恩略带不满地建议道,"这样或许比较好。我用不了两分钟。你觉得一个小挂坠怎么样?我能够承受三个零前面再加个一这么个价钱。"

"噢,随你的便吧。"劳丽艾小姐欢快地说道,就跟唱歌似的,"给我手套,亚当斯。博比,你看到黛拉·史黛丝那天晚上

---

[1] 译注:在美国,迷信者认为兔子的后腿能给人带来好运气。所以这句话的意思就是"有好事,认真听一下吧"。

戴的那根项链了吗？是在蒂芙尼买的，花了两千两百美元呢。不过，当然了——亚当斯，请把我的腰带再往左边拽一点。"

"合唱开始，由劳丽艾小姐领唱！"报幕员在外面高喊道。

吉利恩踱回了等候在外的马车处。

"如果你有一千美元，你会怎么花？"他问马车夫道。

"搞个大沙龙。"马车夫用他那沙哑的嗓音急切地说道，"我知道一个好地方，准能赚大钱。是一座四层楼的砖房，在一个拐角上。我早想好了。二楼弄些杂烩菜馆，卖给中国佬；三楼开美甲店，专骗外国佬；四楼开赌场。您要是想投资——"

"噢，不。"吉利恩说道，"我只是出于好奇，随便问问罢了。我按钟点付你车钱。走吧，直到叫你停下为止。"

沿着百老汇大街走过八个街区后，吉利恩用手杖在双轮轻便马车上轻轻地敲了几下，并下了车。人行道上，有个瞎子正坐在凳子上卖铅笔。吉利恩走过去，站在他的跟前。

"劳驾，"吉利恩说道，"如果你有一千美元，能告诉我你会怎么花吗？"

"您刚才从那马车上下来，是吗？"那盲人问道。

"没错。"吉利恩答道。

"我想您一定错不了。"卖铅笔的说道，"大白天就坐出租马车。您要是愿意，就看看这个吧。"

他从上衣口袋里掏出一个小本儿，并递了过去。吉利恩打开一看，见是一个银行存折。原来那盲人名下竟有一千七百八十五美元的余额。

吉利恩将存折还给了那个盲人，重新坐上了马车。

"我忘了点事，"吉利恩说道，"请带我去托尔曼和夏普律师事务所，在百老汇大街×××号。"

托尔曼律师那极不友好且充满探询意味的目光透过金丝边眼镜射向了吉利恩。

"不好意思，"吉利恩笑嘻嘻地问道，"我能问您个问题吗？我希望这问题不算太过冒昧。除了那个戒指和十美元，海登小姐还从我叔叔的遗嘱里拿到了什么财产吗？"

"没有。"托尔曼先生回答道。

"噢，是吗？非常感谢，先生。"说着，吉利恩又回到了马车上，并对马车夫说了他那已故的叔叔家的地址。

海登小姐正在书房里写信。她身材娇小、苗条，穿了一身黑。可你若是见到她，一定会被她那双光彩照人的大眼睛所吸引的。吉利恩带着他藐视整个世界的神情，飘然而入。

"我刚从老托尔曼的事务所那儿来，"他解释道，"他们一直在那儿整理文件。结果他们发现了——"吉利恩极力在他的记忆中寻找一个法律术语，"他们发现了一份遗嘱修正文件或补充说明之类的东西。似乎老头子在重新考虑后变得宽宏大量了一些，又给你留了一千美元。由于我正要往这边来,托尔曼就让我把钱给捎来了。给你。你最好数一数,看数目对不对。"

吉利恩将钱放在了书桌上,她的手边。海登小姐的脸色顿时变得煞白。

"噢!"她叫道。

"噢!"随即又叫了一声。

吉利恩侧过一半身子,两眼望着窗外。

"当然了,我想,"他用低低的声音说道,"你是知道我爱你的。"

"噢,我很抱歉。"海登小姐说着,拿起了属于她的钱。

"这还不顶用吗?"吉利恩轻佻地问道。

"噢,我很抱歉。"海登小姐又重复了一遍。

"我可以写张便条吗?"吉利恩微笑着问道。

他在大书桌旁坐了下来。海登小姐给他拿去了纸和钢笔,然后坐回到她自己的写字台旁。吉利恩如此这般地写下了有关那一千美元的开支账单:

作为上天对世上最出色、最可爱之女子的眷顾,且基于恒久幸福之考虑,不肖子孙罗伯特·吉利恩开销了这一千美元。

写完后,吉利恩将其塞进一个信封里,躬身一礼之后便扬长而去了。他租用的那辆马车,载着他又一次停在了托尔曼律师和夏普律师事务所的门前。

"我花掉了那一千美元。"他轻松地对戴着金丝边眼镜的托尔曼说道,"为履行承诺,我送来了账单。你们这儿的空气有点像夏天了,你没觉得吗,托尔曼先生?"

说完,他将一个白色的信封扔在了律师的桌子上。

"里面有一张便笺,先生,它会告诉你让一千美元不翼而飞的作案手法的。"

托尔曼先生没有去碰那个信封,而是走到一扇门前喊来了他的合伙人夏普先生。两人一起在巨大保险箱的多个"洞穴"里探寻着,一会儿,他们就获得了战利品——一个蜡封的大信封。他们晃动着令人尊敬的脑袋瓜,研究起其内容来。然后,托尔曼充当了发言人。

"吉利恩先生,"他一本正经地说道,"这是您叔父遗嘱的一个附录。这是他私下里托付给我们的,并嘱咐我们在没有收到您处置遗嘱所规定之遗产——一千美元的账单之前,不得打开。现在,有鉴于您已经符合了这一条件,故而我的合伙人和我一起阅读了该遗嘱附录。我不希望法律术语影响您对该文件的理解,故而我仅向您传达该文件内容的核心精神。

"如果您对那一千美元的处置表明您有资格获得嘉奖,您将获得巨大的利益。夏普先生和我被指定为评判者,我可以向您保证,我们将严守正义且宽大为怀地履行自己的职责。我们对您并无任何偏见,吉利恩先生。下面,还是让我们说回这份译注附录吧。

"假如您对那笔钱的处置是审慎、明智或慷慨无私的,我们有权将价值五万美元的债券移交给您。这些债券基于如此目的早就保存在我们这儿了。但是,假如——我们的客户,已故的吉利恩先生明确规定——你像过去有钱时一样来花这些钱——下面我引用已故的吉利恩先生的话说——和不三不四的狐朋狗友鬼混在一起并纵情挥霍——那么这五万美元就该毫不迟疑地移交给已故吉利恩先生的被监护人米里亚姆·海登。现在,吉利恩先生,夏普先生和我就要审核您这张关于一千美元的处置账单了。我相信您是以书面方式提交的。我希望您对我们的判定怀有信心。"

说完,托尔曼先生便伸手去拿信封,可吉利恩的动作更快,抢先拿到了信封,并从容不迫地将它连同里面的账单一起撕成细长条,塞进了口袋里。

"这样就大功告成了。"他微笑道,"一点都不用你们费心。我想你们也看不懂这些下注的明细的。因为,我把那一千美元都扔在跑马场了。再见了,先生们!"

托尔曼先生和夏普先生不由得面面相觑,不约而同且无限悲哀地摇晃起了脑袋。因为,他们听到吉利恩在走廊里等电梯的时候,还愉快地吹着口哨。

浪子回头

一场突如其来的烈焰般的爱情之火把吉米·瓦伦丁一下子烧成了灰烬。

在监狱的制鞋工场里，吉米·瓦伦丁正卖力地缝着鞋帮。这时，一个看守走过来，把他带到了前楼的办公室。典狱长将一张由州长上午亲自签署的赦免状给了吉米。吉米接了过去，露出几分不耐烦的神情。他被判了四年徒刑，已经蹲了将近十个月的牢了。他原以为顶多在这里待上三个月就能出去的。毕竟，当一个人在外面有许多朋友，就像吉米·瓦伦丁，摊上点"事儿"后，是连光头都不用剃的。

"我说，瓦伦丁，"典狱长说道，"你明天早晨就可以出去啦。振作起来吧，做个堂堂正正的男子汉。你本质不坏，以后就别再去撬什么保险箱了，过正经日子吧。"

"撬保险箱？你说我吗？"吉米万分惊讶地问道，"嗨，我长这么大，可从未撬过一只保险箱啊。"

"噢，你没有，"典狱长笑了，"你当然没撬过什么保险箱了。好吧，那就让我们来看看你是怎么因为发生在斯普林菲尔德[1]的

---

[1] 译注：美伊利诺斯州的首府。

案子给送进来的吧。难道你是因为怕牵连某位大人物才故意不提供不在场证明的？还是仅仅由于一帮老朽的陪审团跟你过不去？我知道，你们总会以这样那样的借口来撇清自己的。"

"你说什么？"吉米又问道，脸上依旧是一副清白无辜的表情，"唉，典狱长大人，老实说吧，我长这么大还没去过斯普林菲尔德呢！"

"好了，好了，带他回去吧，克罗宁。"典狱长说道，"发给他出狱时穿的服装。明天早晨七点钟释放他。先让他到大办公室里来。你呢，瓦伦丁，最好还是多考虑一下我的忠告吧。"

第二天早晨七点一刻，吉米来到了典狱长那间对外的大办公室。他身穿一套极不合身的现成服装，脚穿一双极不舒服且吱吱作响的皮鞋。这身行头就是政府在释放它强制留下的客人时所免费提供的。

一个办事员给了吉米一张火车票和一张五美元的钞票。法律就指望他靠这点钱来重新做人，成为一名安分守己的好公民。典狱长请他抽了一支雪茄，然后同他握手告别。从此，瓦伦丁——九七六二号，就以"州长赦免"而记入档案了，而吉米·瓦伦丁先生则昂首阔步走出了监狱，融入外界那明媚灿烂的阳光之中了。

出狱后，吉米并不理会什么鸟儿的欢唱、绿树的摇曳多姿和花朵的馥郁芬芳，而是径直走进了一家饭店。他吃着烧鸡喝着白葡萄酒，以如此方式首次品尝到了自由的甜美和欣喜。最后，他又美美地抽了一支雪茄——比典狱长请他抽的那支还要高一个档次呢。出了饭店，他慢悠悠地走向火车站。有个盲人乞丐坐在火车站的门口，吉米往他的帽子里扔了一枚两角五分的硬币，然后就上了火车。三小时后，火车把他带到州境附近的一个小镇上。他走进了老朋友迈克·多兰的咖啡馆，同他握了握手。当时，吧台后面只有迈克一个人。

"很抱歉，吉米老弟，我们没能让你更早些出来。"迈克说道，"我们遭到了来自斯普林菲尔德方面的抗议，他们反对赦免你，差一点连州长都要撒手不管了。我说，你还好吗？"

"还不赖吧。"吉米答道，"我的钥匙呢？"

他接过了钥匙，上楼打开了位于后面的房门。一切还都同他离开时一模一样。就连那个名侦探本·普林斯掉的一颗纽扣，也还留在地板上呢。那是吉米被捕时，从他的衬衣领子上扯下来的。

吉米从墙上放下折叠床，移开墙上的一块暗板，从里面拖出一只沾满灰尘的手提箱。他打开箱子，深情地凝望这套美国东部地区最好的行窃工具。这是一套完美无缺的用特种钢打造的最先进的工具，有钻头、冲孔器、支架和垫片、撬棍、钳子和手摇钻以及两三件吉米自己发明且引以为豪的新奇玩意儿。这套工具是他在专做他们这一行的用具的地方定制的，花了他九百多美元。

半小时后,吉米下楼来穿过咖啡馆往外走。这时他已经换了一套既合身又体面的服装,手里提着那只已经擦拭得干干净净的手提箱。

"来活儿了吗?"迈克·多兰亲切地问道。

"问我吗?"吉米用一种迷惑不解的口吻说道,"我不明白你在说什么。我现在是纽约饼干与小麦联合公司的商务代表。"

他这一声明,逗得迈克乐不可支,以至于吉米不得不又留下来喝了一杯苏打牛奶。顺便提一下,吉米是从来不碰"烈性"饮料的。

就在瓦伦丁——九七六二号被释放的一星期之后,印第安纳州里士满发生了一件保险箱盗窃案。被盗金额不足八百美元,但这案子做得极漂亮,小偷没留下一点蛛丝马迹。两星期后,洛根斯波特市有一只新式防盗保险箱被人像切奶酪一般毫不费力地打开了,里面的一千五百美元现金不翼而飞,但有价证券和银器却连碰都没被碰过。这引起了警察的关注。紧接着,是杰佛逊市的一只老式的银行保险柜也像火山爆发似的喷发掉了五千美元现金。好了,到了如此地步,失窃金额之高已足以动用本·普林斯这样的高级侦探了。经过比较分析,本·普林斯发现这几起案子的作案手法惊人地相似。在仔细勘察了盗窃现场之后,他声称:

"毫无疑问,这是衣冠楚楚的吉米·瓦伦丁干的。他又重操旧业了。看看那个组合按钮吧，就像下雨天拔萝卜那样地被轻轻松松地拔了出来。能干得了这活儿的专用钳子，只有他才有。再瞧瞧这些锁栓给冲得多么干净利落！吉米从来都只要钻一个洞就行了。好吧，我想我得去逮住瓦伦丁先生了。这次逮着了他，就再不能犯傻或发善心了，一定要让他蹲满刑期。"

本·普林斯了解吉米的习性，那是他在经手发生在斯普林菲尔德的那案子时摸熟的：跑得远，脱身快，独来独往，喜欢结交上流朋友——他们帮助瓦伦丁多次成功逃脱了应有的惩罚。于是，本·普林斯已在追踪这个狡猾的盗贼的风声便四下传开了，而那些拥有防盗保险箱的人这才稍稍松了一口气。

一天下午，吉米·瓦伦丁带着他的那个手提箱搭乘了邮车来到埃尔摩尔。埃尔摩尔是阿肯色州黑橡地带的一个小镇，离铁路五英里远。吉米活像一个体格健美的刚回家的高年级大学生。他沿着木板人行道朝旅馆走去。

一位年轻姑娘穿过街道走了过来，在拐角处与吉米擦肩而过，走进一扇写着"埃尔摩尔银行"的门。吉米·瓦伦丁凝视着姑娘的眼睛，忘了自己是谁，而就在这一瞬间，他已经变了一个人。姑娘害羞地垂下眼帘，脸上泛起了一阵红晕。毕竟，像吉米这样的风度翩翩的帅哥在埃尔摩尔是绝无仅有的。

吉米抓住了一个在银行门口台阶上玩耍的小男孩，开始像一个银行股东似的跟他打听镇上的情况，并时不时地塞给他一个十美分的硬币。没过多久，那位姑娘出来了，她神情冷漠、高傲，连瞟都没瞟一眼这个提着手提箱的年轻人，径自扬长而去了。

"这位年轻女士不就是波莉·辛普森小姐吗？"吉米假装认识似的问道。

"你胡说什么呀。"小男孩说道，"她叫安娜贝尔·亚当斯。这家银行就是她老爸开的。你到埃尔摩尔来干吗？你那根表链是金的吗？我想要一条牛头犬。我说，你还有钢镚吗？"

吉米走进普兰特旅店，用拉尔夫·迪·斯潘塞的姓名登记，要了一个房间。随即，他便将身体斜靠在柜台上，向旅店前台亮出了自己的身份。他说他来埃尔摩尔是想找地方开拓一下生意。"这个镇上的皮鞋生意怎么样？"他问道。他说他早就想尝试一下皮鞋生意，不知道在这儿能否成功。

这个旅店前台早已被吉米时髦的穿着和翩翩的风度打动了。他本以为自己在埃尔摩尔也算得个新潮儿了，可现在他知道：自己还差得很远呢。于是他在揣摩吉米领带的活扣打法的同时，恳切地介绍了当地的情况。

是啊，经营鞋业应该是很不错的主意。因为本地还没有专业的鞋店呢。现在都是绸布店和百货店在兼做皮鞋生意。再说这儿各行各业的生意都不错。他希望斯潘塞先生能拿定主意在埃尔摩尔安顿下来，并说他会发现这儿是个十分宜居的小镇，镇上的居民也都十分好客。

于是，斯潘塞先生认为不妨在镇上多逗留几天，看看情形再说。不，不必叫侍者——他对前台说，尽管箱子比较重，可他还是想自己提上去。

一场突如其来的烈焰般的爱情之火把吉米·瓦伦丁一下子烧成了灰烬，而浴火重生的凤凰则是已经脱胎换骨了的拉尔夫·斯潘塞先生。他在埃尔摩尔安顿了下来，开了一家鞋店，生意日益兴隆，万事亨通。

在社交方面，他也同样获得了成功，结交了许多新朋友。与此同时，他还得偿所愿，正式结识了安娜贝尔·亚当斯小姐，且越来越为她的魅力所倾倒。

一年过后，拉尔夫·斯潘塞先生的情况大致如下：他赢得了当地人士的尊敬；鞋店的生意十分兴旺；他和安娜贝尔已经订婚并将在两周后举办婚礼。安娜贝尔的父亲——亚当斯先生是个典型的兢兢业业的乡镇银行家，他十分看重斯潘塞。安娜贝尔非但爱他，且为他骄傲。他在亚当斯家和安娜贝尔已经出嫁了的姐姐家里都很受欢迎，好像他已经是他们的家庭成员似的。

一天，吉米坐在房间里给一位住在圣路易斯的老朋友写了如下内容的一封信，后来将它寄到了一个安全可靠的地址。

亲爱的老朋友：

我希望你在下星期三晚上九点钟赶到小石城的沙利文那儿。我想请你帮我了结一些小事情。与此同时，我还要送你一件礼物——我的那套宝贝工具！我想你一定是乐于接受的。要知道，复制一套这样的玩意儿，花一千美元都拿不下来的。嗨，比利，告诉你吧，我已经洗手不干了——一年前就不干了。我开了一个不错的店铺。如今我过上了正经人的日子，而且，再过两个星期，我就要同世界上最好的姑娘结婚了。这才是真正的生活，比利——堂堂正正的生活。现在，就算给我一百万，我也不会再去碰别人的一块钱了。结婚后，我打算把店铺盘掉，然后到西部去，毕竟在那里被人翻旧账的风险比较小吧。我告诉你，比利，她简直就是个天使。她信任我，我当然不会再干任何不光彩的事了。你一定要去沙利文那儿，我非见到你不可。我会带着工具前去的。

你的老朋友，吉米

就在吉米寄出这封信后的下星期一晚上，本·普林斯乘坐一辆轻便马车，悄悄来到了埃尔摩尔。他不动声色地在镇上转悠着，最后终于打听到了他想要知道的事情。在与斯潘塞鞋店隔街相望的药房里，他清清楚楚地看到了拉尔夫·迪·斯潘塞。

"好啊，吉米，你快要同银行老板的女儿结婚了，是吧？"

他轻声细语地对自己说道,"嗨,我可不管这么多!"

第二天早晨,吉米在亚当斯的家里吃了早饭。他那天要去小石城订购结婚礼服,再给安娜贝尔买些好东西。这是他来到埃尔摩尔后第一次出远门。从他干最后一次专业性"工作"到现在,已经过去了一年多了,因此,他觉得可以放心外出了。

早餐过后,一大家子人浩浩荡荡地一起去了闹市区——亚当斯先生、安娜贝尔、吉米、安娜贝尔已出嫁的姐姐和她的两个女儿,一个五岁,一个九岁。路过吉米仍住着的那个旅馆时,吉米跑上楼,去他的房间拿了手提箱。之后,他们就去了银行。因为吉米的马车停在那里,等会儿将由多尔夫·吉布森赶车送他去火车站。

大家走进高高的雕花橡木栅栏,进入银行的工作室。吉米当然也跟着一同进去了,因为,作为亚当斯未来的女婿,无论他到哪儿都是受欢迎的。银行里的职员们也都乐于跟这位长相英俊、和蔼可亲,即将同安娜贝尔小姐结婚的年轻人打招呼。吉米放下了手提箱。安娜贝尔——这个内心充满了幸福、浑身散发着青春活力的姑娘,戴上吉米的帽子,拎起他的手提箱。

"大家看我像不像一个旅行推销员?"安娜贝尔说,"天哪!拉尔夫,这箱子怎么这么重啊!就跟装满了金砖似的。"

"哦,里面装了许多镀镍的鞋拔子,"吉米镇定自若地说道,"这些都是我要还给别人的。我自己带着,可以省掉不少快递费。

噢，我近来是不是太节省了？"

埃尔摩尔银行最近刚刚安装了一个新型的保险库。亚当斯先生非常引以为豪，他执意要让大家见识见识这套新装置。这个保险库其实并不大，但配了一扇最先进的保险门。门上的一个把手能同时让三根钢螺栓死死地把门锁住，还装了一个定时锁。亚当斯先生兴致勃勃地向斯潘塞先生介绍其结构和工作原理，可斯潘塞先生仅仅是出于礼貌才耐心地听着，似乎并不太感兴趣。倒是那两个小女孩——梅和阿加莎，见了闪闪发亮的金属器件以及好玩的定时装置和门把手，高兴得有些忘乎所以了。

就在大家贪看新奇玩意儿的时候，本·普林斯踱了进来，他将胳臂肘支在柜台上，若无其事地朝栅栏里面眺望着。他跟出纳员说他不需要什么服务，只是在等一个熟人而已。

突然，女人中爆发出一两声尖叫，大家立刻乱作了一团。原来，趁大家没有注意的时候，九岁的梅出于好奇把阿加莎关进保险库，她还学着亚当斯先生的样子，扭动门把手锁上了钢螺栓，并且转动了密码盘。

老银行家跳上前去扳动门把手。可他马上就呻吟一般地说道："完了。门打不开了。定时锁没启动，密码盘也拨乱了。"

阿加莎的母亲又歇斯底里地尖叫起来。

"嘘！"亚当斯先生举起发抖的手说，"大家静一静。阿加莎！"他用最大的声音喊道,"你听我说。"等大家都安静下来后,他们才隐隐约约地听到从保险库里面传来的微弱声音——那孩子在漆黑的密闭空间里正因极度恐惧而尖声狂叫呢。

"我的心肝宝贝!"她母亲哀嚎道,"她会吓死的!开门!哦,上帝啊!快把这该死的门打碎!喂,你们这些大男人不能干点什么吗?"

"除了小石城,附近就没人能打开这道门了。"亚当斯先生用颤抖的声音说道,"噢,上帝啊!斯潘塞,我们该怎么办?那孩子在里面待不了多久,里面的空气不足,再说她吓也要被吓死的。"

阿加莎的母亲发疯似的用手捶打着保险库的门。其他人也都慌得六神无主,有人甚至说要用炸药把门炸开。安娜贝尔转向吉米,她那双大眼睛里充满了焦虑和痛苦,不过并没有绝望的神色。因为,对一个热恋中的女人来说,她所崇拜的男人似乎就是无所不能的。

"你能想想办法吗?拉尔夫——噢,试试看,好吗?"

吉米望着她,他的嘴边浮起一抹温柔的微笑,可他那锐利的目光中却带着一丝怪异的神情。

"安娜贝尔,"他说道,"把你戴的这枚玫瑰送给我,好吗?"

刹那间她还以为自己听错了,可还是拔掉别针将玫瑰从胸襟上取了下来，交到了他手里。吉米将玫瑰塞进了马甲口袋，然后脱去上衣，卷起了衬衫的袖子。做完了这一连串的动作之后，拉尔夫·迪·斯潘塞就消失了，取而代之的则是吉米·瓦伦丁。

"大家都离开那道门！"他简短地命令道。

他把那只手提箱放在桌子上，打开、摊平。从那一刻起，他似乎就再也意识不到周围的任何人了。他手脚麻利且井然有序地摆开了那一套闪闪发亮的古怪工具，还跟之前干活儿时一样，嘴里轻轻地吹起了口哨。周围的人屏声静息，一动不动地看着他，跟中了邪似的。

他花了一分钟，就将小钢钻顺利钻进了钢门。十分钟后——这已经打破了他自己创下的撬锁纪录——他旋出了钢螺栓，拉开了保险门。

阿加莎已经快吓瘫了，不过没有任何损伤，她妈妈立刻将她搂在了怀里。

吉米·瓦伦丁穿好上衣，到栅栏外面，向前门走去。半路上他隐约听到有个熟悉的声音喊了一声"拉尔夫！"不过他并没有停下脚步。

门口站着个大个子，多少有点挡道。

"你好啊，本！"吉米说道，脸上带着怪异的微笑，"你终于找来了，不是吗？好吧，那我们就走吧。反正对我来说，现在怎么着都无所谓了。"

可是,本·普林斯的反应却十分奇怪。

"您认错人了吧,斯潘塞先生。"他说道,"我并不认识您。您的马车还在等您呢,不是吗?"

说完,本·普林斯便转过身,顺着大街溜溜达达地走开了。

错失豪门

哦,你真是个花言巧语的骗人精。

在毕格斯特[1]百货商场里，共有三千名年轻的女售货员。玛希尔就是其中之一。她芳龄十八，销售男士手套。在这儿，她十分熟悉两种人：一种是来给自己买手套的先生们；一种是来给不幸的先生们买手套的女士们。对于世人，她不仅有着广泛的了解，还获得了一些别的信息。她把从另外两千九百九十九个姐妹那儿听来的真知灼见，统统储存在她那个像马耳他猫一样神秘而机警的大脑里。或许造物主早就预见到她今后有可能得不到聪明人的指点，故而在赋予她美貌的同时，也给了她必要的精明来加以补偿——就跟他老人家在给予银狐珍贵裘皮的同时，也赋予了它远超其他动物的狡黠一样。

玛希尔确实很美，金发碧眼，娇艳欲滴，同时又落落大方，仪态安详，简直跟在橱窗里演示烤黄油蛋糕的厨娘一样镇定自如。她亭亭玉立地站在柜台后面，当您为确定手套的号码而伸出手来在带尺上量尺寸的时候，您会觉得她就是青春女神；而当您

---

[1] 译注：原文意为"最大的"。

抬起头来再次注视她时,您又会为她长着一双智慧女神的眼睛而迷惑不解。

在商场的铺面巡视员不在跟前时,玛希尔就会咀嚼些糖果蜜饯什么的,而当巡视员的目光扫过来后,她就仰起头来,仿佛正出神地凝望着天上的云彩并若有所思地微笑着。

注意,这是女店员所特有的微笑。我劝您最好对此退避三舍,除非您的内心早已久经历练刀枪不入,或者备足了甜言蜜语并拥有丘比特那样的无穷活力。这种微笑与商场工作无关,因此玛希尔只会在其休闲娱乐的时间内展示出来。然而,商场的铺面巡视员也有着自己的微笑。他是商场里的夏洛克[1]。他在商场里转来转去,东张西望,目的是寻找罚款的机会。而当他盯着漂亮姑娘看的时候,就会露出色眯眯的眼神或者干脆呆若木鸡。当然了,也并非所有的巡视员都是这副德行。这不,就在几天前,报卜还报道过一位年过八旬的模范巡视员呢。

有一天,欧文·卡特来到了毕格斯特百货商场。他是一位画家、百万富翁、旅行家、诗人、私家车主。在此需要补充说明的是,他今天来到商场并非自愿,而是出于对母亲的孝顺之心才陪

---

[1] 译注:莎士比亚的戏剧《威尼斯商人》中的放高利贷的犹太人。在此喻示刻薄、狠毒。

同前来的。喏，他母亲此刻正津津有味地流连于各种青铜或赤陶雕像前呢。

卡特踱步到了手套柜台前，打算在那儿消磨掉几分钟的时间。不过他也真的需要手套，因为出门时他忘戴了。由于他压根儿就不知道还有所谓"手套柜台前的调情"这么回事儿，所以他一点也不用为自己的行为感到内疚。然而，当他走近他命运中的女神的时候，他就不禁犹豫了起来。因为他突然意识到，丘比特正在开展其廉价的业务，而这样的情形，他之前是一无所知的。

三四个衣着花哨的小混混正倚在柜台上翻来覆去地摆弄着几副手套，而柜台里的几个姑娘，则"咯咯咯"地笑着，轻浮欢快地享受着不堪入耳的挑逗。卡特想转身离去，但已为时太晚了。因为柜台后的玛希尔已跟他直面相对，并向他投去质询的目光。她的眼神是那么高冷，那么动人，闪着暖暖的蓝色之光，仿佛南海浮冰在夏日艳阳的照射下散发出的光芒。

此时此刻，身为画家、百万富翁等的卡特，忽然觉得他那贵族般苍白的脸颊上涌起了一道暖流。但是，这并非出于腼腆或羞怯。他的脸，确实是变红了，但这是源于理性的脸红。他即刻意识到，自己已经与那些向咯咯傻笑的姑娘们求爱的浪荡子们同流合污了。因为他发现自己也靠在丘比特设下的橡木幽会处——柜台上，一心想赢得一个卖手套女店员的芳心。自己和比尔、杰克、米奇之流[1]相比也好不到哪儿去，并且突然对他们产生了一种宽容之心，还为此而感到欣喜不已。他十分勇敢地蔑视了自己从小接受的传统教养，毫不犹豫地决定：一定要将这个天生尤物占为己有。

手套包好了，钱也付过了，但卡特依旧在柜台前徘徊不去。玛希尔嫣然一笑，粉红色嘴唇两旁的小酒窝变得更深了。事实上所有来这儿买手套的绅士们，在办完了正事之后都要这样子再逗留一会儿的。她对此早已是司空见惯的。她弯起一只胳膊，露出了衣袖下面那条普赛克[2]似的玉臂，并将胳膊肘支在陈列柜的边沿上。

在此之前，卡特还从未遇到过自己不能掌控的场面。可在眼下，他却远比比尔、杰克或米奇之类的毛头小伙子更为窘迫尴尬，手足无措。因为在社交场合中，他还从未遇见过如此美丽的姑娘。他在脑海里极力搜寻着自己以前读到过或听到过的有关女店员的性格、习惯的内容，结果当然是一无所获。然而，不知怎的，他突然得出了这么个结论：她们有时并不循规蹈矩。与此同时，一想到自己将以特别的方式来结识这位动人而纯洁的少女，

---

[1] 译注：泛指庸碌之辈，如我国的张三李四、阿猫阿狗等。
[2] 译注：罗马神话中以美少女形象出现的灵魂女神。后被小爱神丘比特爱上并最终结为夫妇。

他的心脏便立刻剧烈地跳动了起来。然而,这内心的骚动也给了他足够的勇气。

于是,在十分友好地寒暄了几句以后,卡特便将自己的名片放到了柜台上靠近她手的地方。

"如果我显得十分鲁莽,那就一定要请您多包涵。"他说道,"不过我是真心实意地想能有幸地再次见到您。我的名字就写在这上面了。我希望我能成为您的好朋友之一。我向您保证,这绝对是出于对您的尊重。请告诉我,我能够怀有如此之奢望吗?"

玛希尔了解男人,尤其是来买手套的男人的那点心思,所以她一点也不忸怩作态,而是笑盈盈地望着他,坦率地说道:

"当然可以。我相信您。尽管我通常不跟陌生的男士一起出去。因为这不是好姑娘所应该做的。那么,您想什么时候再见到我呢?"

"越快越好。"卡特说道,"如果您允许我登门拜访,我将——"

玛希尔发出了一连串银铃般的笑声。

"噢,不,那可不行。"她斩钉截铁地拒绝道,"您怎么能去我们居住的小公寓呢?那儿三间房住着五个人。而且,要是我带个绅士男友回去,我妈不知道会露出怎样的表情呢。"

"那么,任何地方都行。"已经难以自拔的卡特说道,"只要您觉得方便就行。"

"我说,"看玛希尔的神情,她仿佛想到了一个好主意,她建议道,"我想,星期四的晚上对我来说是很合适的。或许您可以在七点半到第八大道和第四十八大道相交的拐角处去等我。我就住在那附近。不过我必须要在十一点之前回家。因为我妈绝不允许我在外面待到十一点过后。"

卡特非常感激地表示一定准时赴约,随后他就匆匆地朝他妈妈那儿走去了。因为他母亲正在四处找他,要他去决定是否买下那个狄安娜[1]的青铜雕像呢。

这时,一个长着两只小眼睛、一个塌鼻子的女店员踱到了玛希尔的身旁,并意味深长地瞟了她一眼。

"你让他动心了吗?"她十分亲昵地问道。

"这位先生希望我同意他来我家登门拜访。"

玛希尔扬扬得意地答道,并将卡特的名片塞进腰间的衣服内。

"登门拜访!噢。""小眼睛"忍不住哧哧地笑道,"他有没有请你去华尔道夫酒店吃饭,然后带着你开车兜风呢?"

"噢,甭提你那一套了!"玛希尔有些厌烦地说道,"我觉得你还不懂什么是真正的阔气呢。自从那个救火队的司机带你出去吃一顿中国式炒杂碎,你就觉得了不起了。不,他可没提什么华

---

[1] 译注:罗马神话中的月亮与狩猎女神,以美貌与残忍著称。

尔道夫酒店。可你看看他名片上的地址呀，是第五大道[1]！如果他要请我去吃晚餐，我敢跟你打赌，那里的侍者绝不会是脑袋后面拖小辫子的那种。"

当卡特驾驶着他那辆电动的敞篷小轿车，带着母亲离开毕格斯特百货商场时，他因心里隐隐作痛而轻轻地咬住了自己的嘴唇。他知道在他那已经度过的二十九年的生涯里，爱情第一次降临到了他的头上，但他所爱上的人竟会如此爽快地提出跟他在街角约会。虽说这也可以看作是实现愿望的一步，可他仍被重重疑虑苦苦地折磨着。

卡特对这位女店员的生活状况可谓一无所知。他不知道她的住处不是小得几乎不能住人就是让亲戚朋友挤得水泄不通。街角就是她的会客厅，公园就是她的起居室，林荫大道就是她散步的花园小径。置身于其间，她就是神圣不可侵犯的主人，一如我老婆待在她自己那个用心装饰的小房间里一样。

在第一次约会后又过了两星期的一个傍晚，卡特和玛希尔手挽着手漫步走进了一个灯光黯淡的小公园。他们在一个有树荫遮蔽的僻静的地方，找到了一张长椅并坐了下来。卡特第一次用自

---

[1] 译注：美国纽约最繁华的街道之一，以时尚、奢侈而闻名。

己的手臂轻轻搂住了玛希尔的细腰。玛希尔则将长着浓密金发的脑袋稳稳地靠在了卡特的肩膀上。

"唉！"玛希尔心怀感激地叹息道，"你为什么没早点想到这么做呢？"

"玛希尔，"卡特十分诚挚地说道，"你当然知道我是爱你的。我真心诚意地请求你嫁给我。你现在已经对我了解得足够多了，不会再有什么怀疑了吧。我需要你，我必须得到你。对于我们之间在社会地位上的差别，我一点儿也不介意。"

"什么差别？"玛希尔好奇地问道。

"噢，那没什么。"卡特赶紧解释道，"只有愚蠢的家伙才会在意那些。我是说我完全有能力让你过上富足的生活。我的社会地位无可争议，我的经济实力也同样不容怀疑。"

"哦，他们也都是这么说的。"玛希尔加以评论道，"男人们总是用这一套鬼话来骗人。我猜你其实就是个在熟食店打工的或是靠赌马为生的吧。我可不像我的外表那么幼稚好骗哦。"

"我可以提供证据呀，如果你想要的话。"卡特耐心地说道，"我需要你，玛希尔。自从我第一眼看到你，我就爱上你了。"

"呵呵，他们也都是这样的。"玛希尔开心地笑道，"至少在嘴上是这么说的。要是我遇上一个要见到我三次才会爱上我的人，我想倒会真为他神魂颠倒的。"

"请你别这么说话。"卡特辩解道，"你听我说，亲爱的。自从我第一次看到你的眼睛,你就是我的世界中的唯一的女人了。"

"哦,你真是个花言巧语的骗人精。"玛希尔微笑道,"你已经跟多少女孩子说过这样的话了?"

尽管如此,卡特仍坚持倾诉衷情。最后,他的诚意终于穿透了女店员那迷人的胸脯,进入其灵魂飘忽不定的脆弱的内心深处。也就是说,他的话穿透了女店员故作轻佻的防护铠甲,终于打开了她那扇紧闭着的心扉。她那冷冰冰的脸颊上涌起了热潮。此刻的她,就像是一只娇小的蝴蝶,正颤巍巍地、小心翼翼地收拢起翅膀,打算停歇在爱情的花朵上了。因为她感觉到在手套柜台之外的天地之中,有可能出现一片微弱的生命之光。卡特自然也感觉到他心上人的这种微妙的心理变化,并不失时机地把握住了这一绝佳时机。

"嫁给我吧,玛希尔。"他在她耳边轻声细语道,"我们将离开这个丑陋的城市,去另外一个美丽的地方。我们将忘掉工作和生意,让生活成为一个漫长的假期。我知道应该带你到什么地方去——因为我以前也常去那儿。你想象一下,那儿的海滩永远是夏天,海浪总是那么温柔地拍打着沙滩,人们在那儿自由自在,快乐得就像一群孩子一样。我们可以扬帆出海,到别处的海滩上去观光游览,并且你可以在那儿想待上多久就待上多久。在那些遥远的城市中,有一个十分别致的城市。城中满是宏伟而可爱的宫殿、高塔,而其内部则珍藏着美丽的图画和雕像。那个城市的街道竟然全是水路，人们外出靠的是——"

"我知道，"玛希尔突然坐直了身子说道，"是贡多拉[1]。"

"对啊。"卡特微笑道。

"我就知道你会说到这个的。"玛希尔说道。

"还有呢。"卡特继续说道，"我们将继续旅行，去游览世界上任何一个我们想去的地方。看完了欧洲的城市之后，我们可以去印度看看，那里有许多古老的城市。我们将骑上大象，朝拜印度教和婆罗门的庙宇。我们还要去欣赏日本的庭院，去波斯观看长长的骆驼队与马车比赛，以及诸如此类外国的奇妙风光。你想想看，玛希尔，难道你会不喜欢这些吗？"

玛希尔站起身来。

"我想，我们最好还是回家去吧。"她冷冷地说道，"时候不早啦。"

卡特迁就了她。他对她那种变幻莫测、喜怒无常的性格已经有所了解了，也知道与之相对抗是于事无补的。不过，他还是为自己的胜利而感到些许得意。毕竟有那么一刻，他抓住了他那狂野的普赛克的芳心——尽管细如游丝，故而他心中希望倍增。因为，玛希尔曾一度合起双翼，并用冰凉的小手握住了他的手。

---

[1] 译注：特指威尼斯尖头船，是当地人出门时的交通工具。

第二天,在毕格斯特百货商场里,玛希尔被她的女友露露堵在了柜台角落里。

"嗨,你跟你那位亲密朋友进展得怎么样了?"她问道。

"噢,你问他吗?"玛希尔轻轻地拢了拢脸旁的卷发,说道,"他已经跟我不搭界了,露露。你知道那家伙想要我做什么吗?"

"让你登台演出?"露露屏住呼吸,猜测道。

"什么呀?他哪舍得花那个钱。他想让我嫁给他,然后去一趟科尼岛[1]就算作新婚旅行了!"

---

[1] 译注:位于美国纽约市布鲁克林区一座海岛。自 19 世纪后期开发之后,科尼岛就成了一个度假胜地,娱乐业得到了发展。卡特说的"有一个十分别致的城市"是威尼斯,玛希尔知识有限,误以为是科尼岛。